のぼり坂のペダル踏みつつ子は叫ぶ
「まっすぐ？」、そうだ、どんどんのぼれ

知識ゼロからの短歌入門

佐佐木幸綱 監修
「心の花」編集部 著

幻冬舎

はじめに

まず短歌の音楽を

この本の特色は、ほとんど毎ページにたっぷり短歌が引用されていることです。執筆にかかわった「心の花」のメンバーが、苦労してあつめた短歌たちです。本書を読まれる方々は、ぜひ一首一首を丁寧《ていねい》に読んでほしい。そして自分が好きな短歌、自分にぴったりくる短歌を見つけてください。その上でそれを暗誦してほしい。まず十首ぐらい。『小倉百人一首』を思い出してもらえば、十首ぐらいおぼえるのは簡単でしょう。

おぼえたら、その十首がなぜ自分にぴったりきたのか、分析してみてください。内容にひかれたのか、一首の音楽に共鳴したのか。気にしてほしいのは、リズム、ひびき、言葉の切れ味など、音楽にひかれた歌です。意味内容はよくわからないが、なんとなく口ずさむと気持ちにぴったりくる、そんな短歌です。

じっさいに短歌を作るには、自分の内部に短歌の音楽（リズム）を育てなければなりません。そのためには暗誦が一番です。頭脳だけでなく、肉体で短歌を感じ、体験する。何日かかけて、五十首ぐらいは暗誦してほしい。五十首暗誦すれば、短歌の音楽があなたの肉体に住みつきはじめたといえます。

「型」の面白さ

柔道とか茶道とか、「道」がつく日本古来の武術や芸道は「型」を大切にします。「型」ができれば、「心」は自然に育ってくる、という考え方です。柔道ではまず受け身の「型」を教えられます。茶道では作法という「型」をまず習得します。歌道という呼び方があります（最近はあまり使われませんが）。かつては短歌も「型」から入るべしとされていました。短歌の場合、「型」は五七五七七という詩型です。柔道や茶道では「型」を身体で習得しますが、短歌では「型」を言葉で習得しなければなりません。

そこで言葉との新しいつきあい方を意識してほしいのです。私たちは生まれてからずっと日本語を使ってきて、日本語についてよく知っているつもりでいます。が、じつは知らないことが多い。たとえば文語。私のような日本文学の教師をしていた者でも、よく日本語辞書の世話になります。

明治時代以降の短歌は、文語もＯＫ、口語もＯＫでやってきました。現在も同じです。なぜ、文語を使うのでしょう。たとえば過去を表現する場合、口語では大過去とか過去完了とかを表現できません。文語ならできるのです。

こうして、日本語をあらためてマスターしなおすことをふくめて、柔道の受け身をくり返すように、五七五七七という「型」を実践的に習得してください。

「型」は何世代にもわたる先輩たちの営為の集大成です。「型」をマスターすれば、「型破り」

という夢も見えてきます。「型」を破るために「型」をマスターするわけですね。

「おのがじし」

「心の花」では「おのがじし」を作歌の基盤においてきました。「おのがじし」とは「各自」「それぞれ」の意味です。現代の言葉でいえば「個性」です。「心の花」は明治時代からずっと「個性」を大切に、作歌をつづけてきました。

現代は「個性」の時代です。現代短歌は「個性」が勝負どころです。せっかく短歌を作るならば、「個性」ある短歌を作りたい。本書では、「型」の話に沿いつつ「型破り」の話をしました。「型破り」も「個性」の重要な一つでしょう。

「個性」は自分の内部に見つけ育てるものでもありますが、望んで、想像力によって作り出すものでもあります。短歌を作ることとは、各自が「個性」と向き合うことなのです。

以上三つの点に心をとめながら、短歌を作りはじめてください。けっこう楽しい時間がもてるはずです。

佐佐木幸綱

第二章　実践　短歌を作ってみよう　41

第三章　短歌の表現テクニック　71

第四章 短歌の言葉の使い方、扱い方 101

第五章　短歌の世界をもっと広げる

第一章
知っておきたい短歌の基本

短歌の歴史

一千三百年前から日本で親しまれている「詩」

君待つとわが恋ひをればわが屋戸《やど》のすだれ動かし秋の風吹く

額田王『万葉集』

（あなたが来るのを恋しく待っていると、部屋のすだれを動かして秋風が吹くのです）

花の色はうつりにけりないたづらにわが身世にふるながめせしまに

小野小町『小倉百人一首』

（花の色が色褪《あ》せてしまいました。むなしく過ごしている間に、長雨が降りつづいている間に）

「この味がいいね」と君が言ったから七月六日はサラダ記念日

俵万智『サラダ記念日』

万葉集も百人一首もサラダ記念日も短歌

令和時代が始まってから何かと話題の『万葉集』。『万葉集』は、七世紀後半から八世紀後半にかけて編纂された現存する日本最古の歌集です。天皇から農民まで幅広い層の歌が収められています。

また、十三世紀頃、藤原定家が京都の小倉山で選んだのが『小倉百人一首』で、百人の歌人からそれぞれ一首ずつ秀歌を選んでまとめたものです。その後カルタにもなり、今でも多くの人に親しまれています。

◆短歌の主な歴史の流れ

奈良時代
日本最古の歌集『万葉集』（全二十巻・約四千五百首）
主な歌人：大伴家持、柿本人麻呂、山上憶良、額田王など

◀

平安時代
日本最初の勅撰《ちょくせん》和歌集『古今和歌集』（約一千百首）
主な歌人：紀貫之、紀友則、小野小町、在原業平など

◀

鎌倉時代
『新古今和歌集』（約二千首）
藤原定家が『小倉百人一首』をまとめる
主な歌人：寂蓮、西行、後鳥羽院、源実朝、藤原定家など

◀

明治時代
正岡子規らによる和歌革新運動がおこり、積極的に個人の日常生活が短歌に反映されるようになる。近代短歌時代の到来
主な歌人：佐佐木信綱、与謝野晶子、斎藤茂吉、石川啄木など

◀

昭和時代
近代短歌の作風とは一線を画した芸術性の高いものを目指す前衛短歌運動がおこる
主な歌人：塚本邦雄、岡井隆、寺山修司、佐佐木幸綱、春日井建など

そして、昭和から平成時代にベストセラーになった俵万智の『サラダ記念日』。これも短歌を集めた歌集です。

明治時代になるまでは、「漢詩」に対して「和歌」と呼んでいましたが、呼び名が違うだけで、形は現代の「短歌」と同じです。

短歌とは一千三百年前から日本で親しまれてきた「詩」なのです。

近代短歌以降、現代の短歌の世界

◆近代短歌で活躍した主な歌人たち

下京《しもきやう》や紅屋《べにや》が門《かど》をくぐりたる男かはゆし春の夜の月
与謝野晶子

よき事に終のありといふやうにたいさん木の花がくづるる
佐佐木信綱

たはむれに母を背負ひて
そのあまり軽きに泣きて
三歩あゆまず
石川啄木

ゴオガンの自画像みればみちのくに山蚕《やまこ》殺ししその日おもほゆ
斎藤茂吉

病める児はハモニカを吹き夜に入りぬもろこし畑《はた》の黄なる月の出
北原白秋

個人の日常生活の中にテーマを求める

明治二十年代の終わりに、古典的な和歌に対し、自由と個性を求める「和歌（短歌）革新運動」がおこりました。「近代短歌」と呼ばれる時代の到来です。現代の短歌はこれに続くものといえ、一千三百年という短歌の歴史からすれば、ほんの百数十年ほどのことです。

近代短歌の大きな特色は、個人の日常生活の中に題材を求めるケースが多くなったということです。これは古典の世界ではほとんどあ

◆短歌の三大転機

1 正岡子規の「歌よみに与ふる書」

明治三十一（一八九八）年、正岡子規が「歌よみに与ふる書」を新聞「日本」に連載。「貫之は下手な歌よみにて『古今集』はくだらぬ集」という子規の批評が『古今集』を手本としてきた歌の伝統に揺さぶりをかけ、写実的な『万葉集』を見直すきっかけを作る。

2 塚本邦雄の『水葬物語』

昭和二十年代末以降におこった前衛短歌運動のきっかけになる歌集。個人生活を中心に歌ってきた作品からの脱却を目指し、生活とは隔たった内容を比喩などのレトリックを用い、芸術性の高い作品に仕立てようとするもの。塚本邦雄、岡井隆、春日井建を中心に展開、若い歌人たちに支持される。

3 俵万智の『サラダ記念日』

昭和六十二（一九八七）年に刊行された『サラダ記念日』が、一大ベストセラーになる。口語を用いて、身辺の出来事を軽やかに詠《うた》った作品が、短歌を知らない人からも注目を浴び、短歌を作る人が急増する。

りませんでした。個人的なことを他人様《ひとさま》に吐露することははばかられ、注意深く避けられていたからです。とくに平安時代から江戸時代までの作品には、たとえば自分の子どものことや病気の話などは、ほとんど見られません。

日々の暮らしの中でおこる些細《ささい》な出来事、感じたことを自由に表現できることが、近現代短歌の魅力といえるでしょう。

与謝野晶子

明治三十四年、歌集『みだれ髪』を発表し一大センセーションを巻き起こす。

定型詩の世界

短歌と俳句の違いを知ろう

	俳句	短歌
歴史	江戸時代から	奈良時代から
音数	五・七・五の三句、十七音からできている	五・七・五・七・七の五句、三十一音からできている
季語	使う 一句に一つが基本	あえて使う必要はない
数え方	「句」 一句・二句……	「首」 一首・二首……
人	俳人	歌人
社会	俳壇	歌壇
選	選句	選歌
会	句会	歌会
本	句集	歌集

短歌は三十一音
俳句は十七音の定型詩

俳句は短歌（和歌）よりかなり後に登場した形式で、もともと短歌から枝分かれして成立しました。

「自由詩」や「散文詩」に対し、短歌も俳句も一定の決まった形、リズムをもつ「定型詩」であり、「韻文詩」ですが、二つの大きな違いはその音数、長さにあります。短歌は五・七・五・七・七の三十一音、俳句は五・七・五の十七音です。単なる音の数の違いだけでなく、作る際にも別の発想が必要とされます。

■短歌

五・七・五・七・七　季語は使う必要はなく、逆に複数入っていてもOK。

人にいふ／ごとく物いひ／白猫の／しろきのど毛を／かき撫でてゐる

かぜ立ちて／まだ春わかき／わが庭も／いちごは白き／花もちてゐる

片山廣子

■俳句

五・七・五　季語が必要で、一句に一つのみ。

梅が香《か》や／どなたが来ても／欠茶碗《かけちゃわん》

春の季語

大の字に／寝て涼しさよ／淋しさよ

夏の季語

小林一茶

※本書中に使われている／は、説明上入れているもので、実際の作品には使われていません。

短歌から五・七・五が独立してできたのが俳句なんだね

また、もう一つの大きな違いは、俳句には原則として「季語」と呼ばれるものを入れる決まりがあるということです。季語は一年を春・夏・秋・冬・新年という大きく五つに分けた季節感を表現する言葉です。短歌にもそうした言葉は登場しますが、入れなければならないという決まりはありません。

短歌の世界

短歌も俳句も作った正岡子規

短歌と俳句はどちらも定型詩ですが、いざ作ってみるとその差を大きく感じます。そんな中、正岡子規は歌人としても俳人としても活躍しました。

柿くへば鐘が鳴るなり法隆寺

鶏頭の十四五本もありぬべし

柿の実のあまきもありぬ柿の実のしぶきもありぬしぶきぞうまき

松の葉の葉毎に結ぶ白露の置きてはこぼれこぼれては置く

定型詩の世界

五音と七音でできている日本の定型詩

■短歌

五　七　五　七　七
幼子は／鮭のはらごの／ひと粒を／まなこつむりて／呑みくだしたり
木俣修

■俳句

五　七　五
柿くへば／鐘が鳴るなり／法隆寺
正岡子規

■都々逸

七　七　七　五
立てば芍薬／座れば牡丹／歩く姿は／百合の花
作者不詳

五　七　七　七　五
朝顔は／ばかな花だよ／根もない竹に／命までもと／からみつく
作者不詳

「みそひともじ」とは三十一の「音」のこと

短歌は五・七・五・七・七の五句、合計三十一音からできている詩です。短歌のことを「三十一文字《みそひともじ》」とも言いますが、実際には文字数ではなく、「音」の数のことです。これは、昔は和歌をかな文字で書いたからで、当時は文字数も音の数も三十一だったのです。

今では漢字も使って書くので、短歌イコール三十一文字ではないのですが、「みそひともじ」は短歌の別称と言ってもよく、「今の気持ちをみそひともじで表してみ

◆各句の呼び名

初句《しょく》　二句　三句　四句　結句《けっく》（五句）

対岸を／つまずきながら／ゆく君の／遠い片手に／触りたかった
永田紅

短歌では一首全体を二つに分け、「上句（かみのく）」「下句（しものく）」と呼ぶこともあります。

上句（初句＋二句＋三句）　下句（四句＋結句）

人はみな馴れぬ齢を生きている／ユリカモメ飛ぶまるき曇天
永田紅

ましょう」などとよく使います。

五音と七音の組み合わせの「リズム」は、日本語特有の心地よいリズムで、五・七・五の俳句や川柳を始め、都々逸《どどいつ》でも使われています。ヒットしているJポップの歌詞でも、よく聴くと、この組み合わせが多く使われています。

短歌の世界

五と七のリズムでできた日本の歌

『蛍の光』という有名な歌があります。歌詞を見ると、すべて五音と七音でできています。ほかにも『我は海の子』や『夏は来ぬ』など多くの歌が五と七の音で作られています。

蛍の光	ほたるのひかり	七
窓の雪	まどのゆき	五
書よむつきひ	ふみよむつきひ	七
重ねつつ	かさねつつ	五
いつしか年も	いつしかとしも	七
すぎの戸を	すぎのとを	五
あけてぞけさは	あけてぞけさは	七
別れゆく	わかれゆく	五

短歌のルール

「句切れ」は、いったん意味や内容が終わる切れ目

■初句切れ

われをかし／紙魚のたぐひにあらなくに丹後風土記《たんごふどき》のなかをさまよふ

吉井勇

解説
初句で切れていることにより、初句の言葉が強調され、「何が可笑《おか》しいのだろう?」と読者の興味が湧きます。

■二句切れ

こがらしのやがて至らむ／張りのある卵の黄身は胡椒をはじく

篠弘

解説
初句と二句は季節の移ろいを、三句以下は日常の一場面を描いています。句切れによって場面転換が行われています。

一首に一か所でリズムが整いメリハリがつく

三十一音からなる短歌ですが、初句から結句までが一つの意味をもつ文章でつながっているとは限りません。いったん文章の意味、内容が切れることがあります。それを「句切れ」または「切れ」と言います。途中で「。」がつけられるところを探せば、句切れがどこかがわかります。句切れには、意味がわかりやすくなる、リズムが整う、メリハリがつくといった効果があります。しかし、句切れがあるとすれば一首に一か所が望

ましく、二か所以上あると、短歌のリズムがもつ滑らかさが消えてしまうこともあります。

■三句切れ

暗闇を打ち崩しつつひかりをり／命とは朝焼けの一瞬

佐佐木頼綱

解説

命の逞《たくま》しさと儚《はかな》さを光に託して詠っています。三句目までで逞しさを、一度切って四句目以下で儚さを表すという、三句切れの効果が生きている歌です。

■四句切れ

自転車を押して急坂をのぼるがに苦しかりしよ／茅蜩《かなかな》も死ぬ

黒木三千代

解説

四句目までで自分の人生を振り返り、結句で死を詠っています。四句切れによって、命の儚さと尊さが印象づけられています。

■句切れなし

何ゆえかわからないけど明方の寝床の中で笑い出したり

山崎方代

解説

切れを置かないことでリズムが滑らかになっています。

クイズ

句切れを探そう

次の歌は何句で切れるでしょう？　すべて田中拓也

① オリオンがぎらりと光る冬の夜ただ一言が思い浮かばず
② 猪を打ち殺したる夕暮れの森に生まれしひとすじの川
③ どこからが始まりだろう伐られたる樹木の枝が束ねられおり

答え

① 三句切れ　オリオンがぎらりと光る冬の夜／ただ一言が思い浮かばず
② 句切れなし　猪を打ち殺したる夕暮れの森に生まれしひとすじの川
③ 二句切れ　どこからが始まりだろう／伐られたる樹木の枝が束ねられおり

短歌のルール

字余りでも字足らずでもOK

■字余り

いわしいわしいわしの群れの来る年は鰤が獲れぬと漁師が嘆く

⬅

いわしいわし　いわしのむれの　くるとしは　ぶりがとれぬと　りょうしがなげく

六音　七音　五音　七音　七音

解説

いわしを三回並べて群れている様子を表現するために、あえて字余りにしたのでしょう。

■字足らず

今ならあなたになにか残せそう日を追うごとにかおり濃き梅

⬅

いまなら　あなたになにか　のこせそう　ひをおうごとに　かおりこきうめ

四音　七音　五音　七音　七音

解説

「本当に残せるのだろうか」という戸惑いが、字足らずの上句に見えます。

基本の五七五七七に収まらなくてもいい

「字余り」とは、五音を六音にしたり、七音を八音にしたりするなど、五・七・五・七・七よりも音数が多くなることを言います。「字足らず」とは、その逆に少なくなることです。

字余りや字足らずが、絶対にダメということはありません。しかし、短歌のリズムを乱しやすいので、極端な音の多少や多用はできるだけ避けましょう。

特に定型より文字の少ない字足らずは、リズムを崩しやすく、気

■破調

美川憲一、美輪明宏の誕生日を結婚記念日として生きて行かんか

⬅ みかわけんいち、みわあきひろの　たんじょうびを　けっこんきねんびとして　いきていかんか

七音　七音　六音　十一音　七音

解説

全部で三十八音ありますが、二句と結句を七音に収めることによって、なんとか短歌のリズムを保つことができました。歌のインパクトが短歌の音数を超えて読み手に届く歌です。

すべて藤島秀憲

雨音《あまおと》 ← 字足らず 四音

⬅ **雨の音**
雨音に
雨を聴く
五音

持ちが伝わりにくくなりがちなので、注意が必要です。

　どちらも何音までならいいという基準はありませんが、字余りならば一首に二か所、合計で二音まで、字足らずは一か所一音までに留《とど》めるのがいいでしょう。

　また、字余り・字足らずが多い場合や五・七・五・七・七の句切れが明確ではなく、定型を大きくはみ出していることを「破調」と言います。その場合も、一首全体を破調にするのではなく、たとえば四句（七音）と結句（七音）を定型に合わせるなどの工夫をして、リズムの良さを保つ必要があります。

短歌のルール

定型の句切れを崩す「句またがり」「句割れ」

◆上手に使うと印象的な歌になる

模試つくり／了へたる夜更け／冷凍を／といて今川／焼き、口にする
（句またがり）（句割れ）
山下翔

来世には／テープカットを／する人に／なりたい端から／二番目ほどで
（句またがり）（句割れ）
寺井奈緒美

ひとしきり／ノルウェーの樹の／香りあれ／ベッドに足を／垂れて　ぼくたち
（句割れ）
加藤治郎

宮古島／雪塩アイス／舐めてをり／「ほうとして生きる／ことの味ひ」
（句またがり）
米川千嘉子

定型とは別のリズムを効果的に作り出す

短歌は五・七・五・七・七の定型に沿って言葉を埋めていきますが、「句またがり」「句割れ」という技法があります。

『万葉集』や『小倉百人一首』にはあまり見られず、現代短歌で効果的に使われるようになりました。

五音または七音に収まりきらない言葉を、句をまたいで収めるのが「句またがり」、一つの句の中で一度言葉が切れることを「句割れ」と言います。たとえば「セイ

◆長い固有名詞を使うテクニック

雨のふる東京デ・ランド子らを率《ゐ》て傘かたぶけて行けばさびしや

岡井隆

解説

東京ディズニーランドを「東京デ・ランド」と略して使っています。東京ディズニーランドならば十一音、東京デ・ランドならば八音で、三音短くなりました。さらにこうした工夫は、「へえ、こんな略し方があるのか」と、読者を楽しませてくれます。もちろん「東京デ・ランド」は作者のオリジナルな略し方です。

デイケアにマルクスを語る男友達《ともども》がいて母の社会は広がりゆくも

佐佐木朋子

解説

第十六代ローマ皇帝のマルクス・アウレリウス、一九八〇年生まれの哲学者マルクス・ガブリエルなど名を知られた人が何人かいますが、ほとんどの読者は『資本論』のカール・マルクスを思うことでしょう。フルネームを使わなくてもわかってもらえる人がいます。読者の想像力を信じて省略してみましょう。また、女友達、幼友達、親友などにも「とも」のルビを振ることがあります。

タカアワダチソウ」（十音）や「ユニバーサルスタジオ」（十音）、といった長い固有名詞を詠み込もうと思ったときには当然句またがりになります。

また、句割れによって滑らかなリズムが中断されますが、そのことによって言葉が強調され印象が深くなります。

長い固有名詞を、中村歌右衛門《なかむらうたえもん》、山田先生《せんせい》、東京国際空港、羽田《はねだ》、隅田川《すみだ》などというルビで切り抜けることも可能ですが、このようなルビの使い方を認めないという（ズルい＋ルビで「ズルビ」と呼んだりする）人もいるので慎重に使う必要があります。どうせならば読者を「あっ！」と驚かせるような斬新なルビを使うといいでしょう。

短歌のルール

短歌の文字の数え方

◆記号は数えないのが基本

カギカッコは音として数えない

「ココアでも飲む?」といふ声聞こえきて夜を明かすらし姉と弟

花山多佳子

記号は音として数えない

1 2 3 4 5 6 7
「ココアでも飲む?」➡七音

「!」「……」「—」などの記号は数えない。

句読点「。」「、」も数えない。

読まないもの
▼
数えない

迷いやすい 小さな文字の数え方

短歌は三十一音で作るのが基本ですが、その数え方にはおおよその決まりがあります。

まず、「?」や「!」などの記号は読まないので数えません。句読点も同様です。

迷いやすいのが小さな文字の数え方。詰まる音「促音《そくおん》」は一音として数え、ねじれる音「拗音《ようおん》」に関しては二文字ですが一音として数えます。また、伸ばす音「長音《ちょうおん》」および、「撥音《はつおん》」つまり「ん」は、どちらも一音として数えます。

◆小さな文字の数え方

【促音】詰まる音。「っ」は一音として数える

例…キック（三音）、びっくり（四音）

【拗音】ねじれる音。「きゅ」「しゅ」「ちゃ」「にょ」「ひょ」「みゅ」「りょ」などの「ゃ」「ゅ」「ょ」は一音として数えない

例…チャレンジ（四音）、ちょきちょき（四音）、ショック（三音）

◆迷いやすい音の数え方

【長音】伸ばす音は一音として数える

例…サーカス（四音）、ローカル（四音）

【撥音】「ん」は一音として数える

例…大根（四音）、キングコング（六音）

クイズ

数えてみよう

問題

次の言葉は何音でしょう？

①小学校　②シャンプー　③チョコレートパフェ
④ティッシュ　⑤サンリオピューロランド　⑥終戦　⑦観覧車

答え

①六音　②四音　③七音　④三音　⑤十音　⑥四音　⑦五音

【例】チョキチョキチョッキン

1 チョ 2 キ 3 チョ 4 キ 5 チョ 6 ッ 7 キ 8 ン

答え　八音

短歌のルール

短歌の書き方

◆基本の書き方

■縦一行でスペースなし

冬晴れの朝は冷たしくしゃみしたあとにマスクで顔白くする

◆変則的な書き方

■句ごとに一字空ける

冬晴れの　朝は冷たし　くしゃみした　あとにマスクで　顔白くする

■三行書きにする

冬晴れの朝は冷たし
くしゃみしたあとに
マスクで顔白くする

基本は縦書きで改行やスペースなし

短歌の表記について、絶対にこうでなければならないといった決まり事はありません。

しかし、元来、日本語は漢詩に倣《なら》い、上から下へ、行は右から左へ書いていました。短歌も縦一行に書くのが基本のルールです。

また、意図的に入れる場合以外は、句切りに句読点やスペースを入れることもありません。これは短歌には決まったリズムがあるからできることです。

ですから、短冊に書いたり、新

◆あえて一字空きにすることもある

「縦一行でスペースなし」が表記のルールですが、これはあくまで基本。たとえば、一字空きを意図的にして、場面転換や時間の経過をはっきりさせる場合があります。

白鳥《しらとり》が郵便受けにねむりをり　こんなにとほい南島に来て

渡英子

解説

白鳥の切手が貼られた郵便が届いたというところで一字空けて、大きな景に場面が転換されています。

ぬ　ぬぬぬ　ぬぬぬぬぬぬぬ　蜚蠊《ごきぶり》は少しためらひ過《よぎ》りゆきたり

宮原望子

解説

「ぬ」でゴキブリの動きを、一字空きによって動きが止まった短い時間を表現しています。

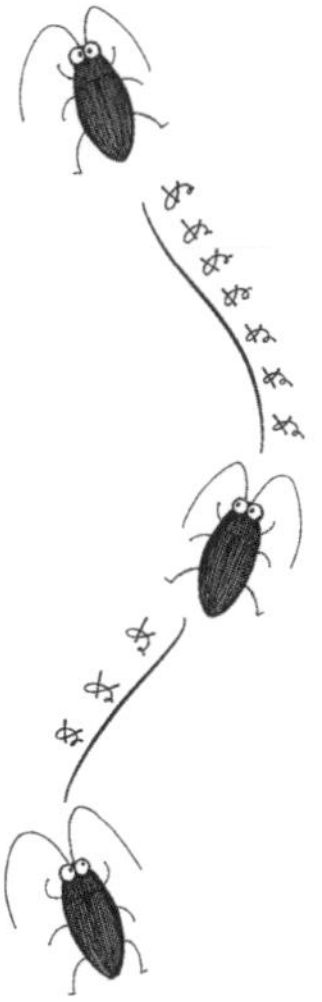

聞歌壇に投稿したりする際には、縦一行で書くほうがいいでしょう。ただし、現代ではネットで短歌を発表する機会も増えてきました。その場合は、横書きで表記するのが主流です。

短歌の世界

石川啄木の三行書き

石川啄木は短歌を三行書きにしたことで有名です。

東海の小島の磯の白砂に
われ泣きぬれて
蟹とたはむる

石川啄木『一握の砂』

ただし、これは例外中の例外。短歌は一行書きにするのが現代では一般的です。啄木は新しい短歌を目指し、あえて三行書きにしました。

また、一字空きや句読点を多用し、新鮮さを出した歌人に釈迢空《しゃくちょうくう》がいました。

葛の花　踏みしだかれて、色あたらし。この山道を行きし人あり

釈迢空『海やまのあひだ』

作品に触れる

好きな短歌、歌人に出会うには

「好き」ができると短歌が楽しくなる

短歌では「詠む」と「読む」を使い分けています。短歌を作る場合には「詠む」を、人の短歌を読む場合には「読む」を使います。

短歌を詠む前に、好きな歌人に出会うことは大切です。その人の短歌を読んで楽しいと思えると同時に、その人の言葉の使い方や場面の切り取り方が短歌を作るうえで大いに参考になります。

現代の名歌をいくつか紹介しましょう。参考にしてください。

◆主なアンソロジーと雑誌

好きな歌人に出会うには、短歌の作品を集めたアンソロジーや短歌の雑誌を読むのがいいでしょう。あっと言う間に百人以上の作品に触れることができます。「この人」と思う人に出会ったら、次はその人の歌集を読んでみてください。

■アンソロジー（異なる作者の作品を集めた作品集）

『現代短歌の鑑賞１０１』小高賢編著　新書館
『現代の歌人１４０』小高賢編著　新書館
『近代短歌の鑑賞77』小高賢編　新書館

■雑誌

『短歌』角川文化振興財団
『短歌研究』短歌研究社
『歌壇』本阿弥書店
『短歌往来』ながらみ書房
『現代短歌』現代短歌社
『ＮＨＫ短歌』ＮＨＫ出版

○齋藤史

死の側《がは》より照明《てら》せばことにかがやきてひたくれなゐの生《せい》ならずやも

一九〇九年生まれ　現実を越えた世界を華やかに描きつつ、生と死を見つめる。

『ひたくれなゐ』

○佐藤佐太郎

秋分の日の電車にて床にさす光もともに運ばれて行く

一九〇九年生まれ　都市生活者の小さな発見を丁寧に言葉に写し取る。

『帰潮』

○宮柊二

一本の蠟燃《もや》しつつ妻も吾《あ》も暗き泉を聴くごとくゐる

一九一二年生まれ　戦後の貧しい生活の中で見出したかすかな希望を詠う。

『小紺珠』

○近藤芳美

水銀の如き光に海見えてレインコートを着る部屋の中

一九一三年生まれ　現実を常に直視し、社会に生きる人々の姿を詠い上げる。

『埃吹く街』

○竹山広

くろぐろと水満ち水にうち合へる死者満ちてわがとこしへの川

一九二〇年生まれ　長崎での被爆体験をもつ作者が率直に生き様を詠う。

『とこしへの川』

○塚本邦雄

馬を洗はば馬のたましひ冱ゆるまで人戀はば人あやむるこころ

一九二〇年生まれ　句割れ・句またがりを多用する独特の韻律。前衛短歌運動の旗手。

『感幻樂』

○中城ふみ子

春のめだか雛の足あと山椒の実それらのもののひとつかわが子

一九二二年生まれ　愛することの儚さを三十一歳で亡くなるまで詠い続けた。

『乳房喪失』

○馬場あき子
さくら花幾春かけて老いゆかん身に水流の音ひびくなり
『桜花伝承』
一九二八年生まれ　古典の教養を基礎として張りのある言葉で詠い上げる。

○岡井隆
眠られぬ母のためわが誦む童話母の寝入りし後王子死す
『斉唱』
一九二八年生まれ　象徴性の高い作品で塚本邦雄と共に前衛短歌を推進する。

○寺山修司
人生はただ一問の質問にすぎぬと書けば二月のかもめ
『テーブルの上の荒野』
一九三五年生まれ　虚と実を交えて印象に残る映像的な世界を作り上げた。

○小野茂樹
くさむらへ草の影射す日のひかりとほからず死はすべてとならむ
『黄金記憶』
一九三六年生まれ　自らの三十三歳の死を予感させるような一首。

○佐佐木幸綱
びしょ濡れのレインコートのままに佇《た》ちどの男どの男も一人
『反歌』
一九三八年生まれ　「男歌」と呼ばれる作風は力強い言葉遣いと韻律が特色。

○高野公彦
みどりごは泣きつつ目ざむひえびえと北半球にあさがほひらき
『汽水の光』
一九四一年生まれ　繊細な感覚と緻密な言葉で自然や生命の神秘を描き出す。

○伊藤一彦
あたたかき雨の濡らせる郁子《むべ》の花この子の恋にまだいとまある
『青の風土記』
一九四三年生まれ　宮崎に住み自然と万物の命をおおらかに詠い続ける。

○河野裕子

君を打ち子を打ち灼けるごとき手よざんざんばらんと髪とき眠る

一九四六年生まれ　肉体から発するような大胆な言葉により深い愛を表現。

『桜森』

○小池光

廃駅をくさあぢさゐの花占めてただ歳月はまぶしかりけり

一九四七年生まれ　何気ない場面を巧みな表現で叙情《じょじょう》豊かな映像に仕上げる。

『廃駅』

○永井陽子

逝く父をとほくおもへる耳底にさくらながれてながれてやまぬ

一九五一年生まれ　オノマトペを大胆に使うなど音楽性を重視して短歌を作る。

『なよたけ拾遺』

○栗木京子

春浅き大堰《おほゐ》の水に漕ぎ出だし三人称にて未来を語る

一九五四年生まれ　知性に裏付けられた視線と言葉遣いが愛誦《あいしょう》性の高い短歌を生む。

『水惑星』

○小島ゆかり

団栗はまあるい実だよ樫の実は帽子があるよ大事なことだよ

一九五六年生まれ　柔軟な感性とユーモラスな表現で生きる喜びと悲しみを詠う。

『月光公園』

○俵万智

「寒いね」と話しかければ「寒いね」と答える人のいるあたたかさ

一九六二年生まれ　口語会話体を使い日常の一場面を軽やかに詠いとめる。

『サラダ記念日』

○穂村弘

サバンナの象のうんこよ聞いてくれだるいせつないこわいさみしい

一九六二年生まれ　現代に生きる人々の思いを大胆な修辞によって詠い上げる。

『シンジケート』

作品から学ぶ

四季

『古今和歌集』には「春」「夏」「秋」「冬」などの「部立《ぶだて》」があり、それぞれの季節を詠んだ歌が収められています。四季の変化を繊細に捉え、それらを楽しむ感覚は日本人のＤＮＡに組み込まれているといえるでしょう。四季の短歌で意識すべき点は「素材（何を詠むか）」です。「素材」をどのように見つけていくかを学んでみましょう。

【春】

春ここに生るる朝の日をうけて山河《さんか》草木《さうもく》みな光あり

佐佐木信綱

「春」の「大きな情景」を詠んだ一首。「朝の日」を受けて光り輝く「山河草木」に「春」の誕生を作者は感じたのでしょう。

春がすみいよよ濃くなる真昼間のなにも見えねば大和と思へ

前川佐美雄

「春」を大きな視点で詠んだ一首。季節を詠む時に花や鳥などの具体的な事物を素材にするだけでなく、掲出歌のように「春がすみ」から「大和」へと想像を飛躍させて表現世界を広げることもできます。

【夏】

あの夏の数かぎりなきそしてまたたつた一つの表情をせよ

小野茂樹

現代短歌における「夏」を詠んだ男性歌人の代表作の一つがこの一首です。ひと夏の思い出を相手に語りかけるように大きな視点で表現しています。

あをき血を透かせる雨後の葉のごとく鮮《あたら》しく見る半袖のきみ

横山未来子

「夏」という言葉は使われていませんが、「半袖のきみ」という結句から「夏」の歌であることがわかります。また、「あをき血を透かせる雨後の葉のごとく」という比喩表現も、この作品の大きな特徴となっています。

作品から学ぶ

【秋】

馬追虫《うまおひ》の髭のそよろに来る秋はまなこを閉ぢて想ひ見るべし

長塚節

「馬追虫」の声（スイッチョ）と言えば「秋」の象徴的な「音」の一つといえます。しかし、作者はあえて「音」ではなく、「馬追虫」の「髭」という微細なものに焦点をあて「秋」の気配を詠んでいます。「素材」選びの見本となる一首といえるでしょう。

ゆく秋の大和の国の薬師寺の塔の上なる一ひらの雲

佐佐木信綱

「秋」を大きな視点で詠んだ一首です。この作品で注目すべき点は、初句から徐々に焦点を絞り込んでいって結句を「一ひらの雲」としている点です。「大」から「小」へという、何をどのように詠むかという作歌の技術を知ることのできる一首です。

【冬】

障子からのぞいて見ればちらちらと雪のふる日に鶯がなく

佐佐木信綱

佐佐木信綱が五歳の時に初めて詠んだ短歌です。父の弘綱が「よしよし、これが信の初めての歌だ」と言ったという微笑ましいエピソードも残っています。よく読むと「雪のふる日」に「鶯」が鳴くという作者なりの「発見」があることに気づきます。「発見」や「気づき」は短歌作りの要点の一つです。

たっぷりと君に抱かれているようなグリンのセーター着て冬になる

俵万智

俵万智のベストセラー『サラダ記念日』にはたくさんの「四季」の歌が収められています。作者は「冬」の到来を「グリンのセーター」を着た時に感じたのでしょう。また、この一首では「たっぷりと君に抱かれているような」という「比喩」を使って「セーター」の暖かさを表現していることも特徴の一つとなっています。

作品から学ぶ

旅・風景

日常生活を離れて旅先で出会う景色は新鮮です。短歌には「旅行詠」というジャンルがあり、「旅」は多くの歌人によって詠まれています。その際にポイントとなるのは季節・時間・場所と「素材」です。また、具体的な「地名」を詠み込むこともあります。地名には良く知られたものも、珍しいものもあります。それぞれ「どう詠むか」を意識すればキラリと光る作品になります。

人もまた風景となりかがやける風車へ向かう道をのぼれり　佐佐木幸綱

旅先での「風景」を詠む時に気をつける点の一つは「遠景」「近景」という視点の持ち方です。掲出歌はオランダの景色を詠んだ作品ですが、「遠景」を丁寧に表現しています。一枚の絵画を見ているように感じる一首です。

青田　白鷺　青田　白鷺　風の道ふかれふかれて青田　白鷺　足立晶子

車窓を流れてゆく「風景」を独自の視点で詠んだ一首。「青田」「白鷺」というリフレインが効果的に使われています。「旅行詠」で陥りがちなのは「地名」や「旅愁」をつい詠みこんでしまうことです。そうした作品はどうしても類型的になりがちです。掲出歌は素材をどのように詠むかという点においてヒントになると思います。

清水《きよみづ》へ祇園《ぎをん》をよぎる桜月夜《さくらづきよ》こよひ逢ふ人みなうつくしき

与謝野晶子

「地名」を詠んだ近代を代表する名歌の一つ。京都の名所をさらりと詠み込んだうえで、すれ違う人々の印象をきっぱりと表現している点に特徴があります。「春」の「月夜」という、季節と時間の設定の仕方も絶妙です。

人を待つ一人一人へ雪は降り池袋とはさびしき袋

大野道夫

「池袋」というよく知られた地名を独自の視点で詠んだ作品。作者は上句で雪が降る中にいる人々の情景を描き、下句では「池袋」という地名に焦点をあてています。そして、ただ風景を詠むのではなく、「さびしき袋」という発見を詠んだ点が作品の個性となっています。

作品から学ぶ

海・山

「海」や「山」を詠んだ名歌は古来たくさんあります。これは、その存在そのものが人間の心の中の奥深くにあるものをかきたてるからでしょう。また、多くの人が詠みたくなるということは類型歌が生まれやすいということでもあります。類型表現を避けるためにも様々なタイプの作品を読んでみましょう。

白鳥《しらとり》は哀《かな》しからずや空の青海のあをにも染まずただよふ　若山牧水

「海」を詠んだ短歌として長く日本人に愛誦されている一首です。この作品のポイントは「色彩」です。「空の青」と「海のあを」の二つの「青」と「あを」の間で漂う「白鳥」を詠むことによって読者は広大な海の「風景」を鮮明に思い浮かべることができます。

山の上にたてりて久し吾もまた一本《いっぽん》の木の心地するかも　佐佐木信綱

山の中で「体験」した時に感じた自然との一体感を詠んだ一首。「風景」をそのまま詠むのではなく、自身の肉体で感じたことを表現することによって、作品の世界が大きく広がることがわかる好例といえます。

花見山ゆめのようなる山の名をはべらせてわがみちのくはあり　駒田晶子

この作品は実際の「風景」を具体的に詠んだのではなく、「花見山」という名詞から想像を広げている点に特徴があります。また、「わがみちのくはあり」という大きな視点も一首にインパクトを与えています。

短歌の作り方には様々な方法があります。目に見える「景色」を写実的に詠み込むスタイル。目に見えない「景色」を「想像」として詠むスタイル。どちらが良いということではなく、どのように表現するかという点が重要です。

短歌こぼれ話　**研究者の歌**

研究生活の余暇に短歌を作ってたのしみとされている先生方は数多い。

柳田国男、会津八一の作品は文庫本にはいっているので、手軽に読めます。最近では谷川健一、島津忠夫、井上宗雄（敬称略）、とまだまだ多くの方の名があげられます。

その立場上、歌壇の主流とは異なるとみなされ「学者歌」と言われることもあります。

しかしこの「学者歌」は深い知識の土壌から芽吹いたものですから、エッセイ風の味わいがあって、斎藤茂吉や北原白秋のような世界とはまたひと味違うのです。

国民的辞書『広辞苑』の編者として知られている新村出《しんむらいずる》も生涯短歌を作り続けました。短歌を作り始めたのは学生時代からで、歌集もあります。

その新村ははじめは川田順から短歌の指導を受けていました。そのうち盟友の佐佐木信綱（新村より四歳年上）に自作を見てもらうようになります。

忙しい二人なので、手紙でのやりとりです。五十年以上にわたって交わされた書簡は、最近『佐新書簡』として出版されました。ここには信綱から新村に宛てた手紙が収められているのですが、その中に面白い一節があります。

昭和三十八年五月の手紙で、信綱は新村の歌を、

第七首までよろしく
第八首は第五句わかりかね候
第九首は大いによろしく候
第十首は春の日の心いかゝにか

と評しています。

新村はこの前便に十首の歌を書いて信綱に意見を聞いたのでしょう。「わかりかねる」とか「いかがだろう」という感想を寄せられても新村が気分を害したようすはなく、こうしたやりとりが何通か続き、新村は作り直しては再提出をくりかえしていたようです。

その新村が同じ年の十二月に信綱の死を知って詠んだ歌があります。

新村は十二月三日の朝刊で信綱の訃報に接して、「流涕《りゅうてい》とゞめあへず、一首即吟せし哀悼歌を電送す」と「愛老日記」と名付けた日記に書いています。そしてすぐに歌を詠んでいます。

かなしともいたましやともことのはにつきぬなみだのやまぬあさかも

こうした素直な心情吐露のできる人なのでしょう。他にも次のような哀悼歌があります。

きのふけふ東のそらの亡き大人におもひを馳せて心うつろなり
いくたびかひがしのそらをあふぎつゝ西山大人に慕情切《せち》なり
久方の天つみ空ゆみ光を放たせたまへわれらの上に
いたゞきし著書の数々書架の上に並べ列ねてさびしむ吾は

「歌は人なり」という言葉がぴったりあてはまるようです。素朴で飾らず、自然な感情を吐露しているこれらの歌から、歌が生まれる瞬間の貴重さもうかがえると思います。

第二章

実践
短歌を作ってみよう

作歌の心構え

独自の視点を大切にする

◆独自の「発見」や「気づき」を大切にする

三十一文字の短歌を詠むときに最も大切にしなければならないのが「独自の視点」です。

独自の視点
何を詠むか
＝
素材

独自の「発見」や「気づき」は、短歌作りの要です。まずは、自分の身の回りを観察し、一つのものに焦点をあて詠んでみましょう。

どう詠むか
＝
技術

自分だけの表現を工夫して詠んでみましょう。

「自分らしさ」が短歌の魅力を生かす

『短歌研究』（二〇一六年十二月号）には、約千名の歌人に対する「愛誦される歌」のアンケート結果が掲載されていて、最も人気があった作品は若山牧水の一首です。

白鳥は哀しからずや空の青海のあをにも染まずただよふ

この一首の魅力は、音読したときのリズム感、「白鳥」「空」「海」の色彩感、青春の孤独感……。挙げていくときりがありません。これを小説や随筆、絵画や写真で表現するとしたらどうなるでしょう。

「富岡八幡宮」での吟行会で詠まれた短歌を四首紹介します。同じ場所でも詠む人によってテーマや表現は異なります。

■**絵馬**

香港の無事を祈れる絵馬ひとつあり深川のその先は海　**加古陽**

【ポイント】社会情勢へとテーマを広げる絵馬の発見

■**碑**

横綱碑よりも小さく大関碑琴欧州の名も刻まれて　**高山邦男**

【ポイント】「横綱」ではなく「大関」に焦点をあてる

■**力士の着物の柄**

松の葉と青松毬《あおまつかさ》の柄の裾さばいて力士小走りにゆく　**花美月**

【ポイント】鮮やかな彩りに焦点、「さばいて」という動詞の選択

■**青空**

下町のうへに青空占《し》む日なり畳み込めない秋の面積　**植田眞純**

【ポイント】修辞を凝らした表現

どんなに字数をつくしても、どんな構図にしてもこの一首の作品世界を再現することはできないでしょう。

短歌は短い詩型であるからこそ、いつでも、どこでも、誰でも詠むことができます。また、若山牧水が掲出歌を作ったのは二十代初めのこと。たとえ、短歌を作り始めて間もない人であっても、名歌を生み出すことがあるかもしれない。それも短歌の魅力の一つといえます。

一方、いつでも、誰でも詠むことができる詩型だからこそ、オリジナリティーのある作品を作るのは難しく、奥が深い。「独自の視点」で、短歌でしか表現できないことを追求することが、短歌創作の根底ともいえるのです。

対象をじっくり観察する

◆大きな視点と小さな視点がある

短歌を詠むときの視点は「大きな視点」と「小さな視点」の大きく二つに分けることができます。たとえば一本の老木を遠景で詠めば「大きな視点」に、木肌に触れた感触で詠めば「小さな視点」になります。

大きな視点

小さな視点

何をどのように詠むかが大切

短歌を詠むときの「視点」は、短歌作りの基礎になります。たとえば、「自然」をテーマに詠むとき、何をどのように表現するかは人によって大きく異なります。大きな視点で「海」や「山」などを詠むのか、身近な「生き物」や「植物」を細かく観察して小さな視点でとらえるのかによって、作品世界は異なるものになります。

「環境問題」を題材とするときも、世界に眼《め》を向けることもあれば、自分の身の回りからヒントを同じテーマで別の視点から作った二つの短歌を紹介しましょう。テーマは「光」です。同じ「光」を詠むときでも視点の設定の仕方によって作風は大きく異なります。

地球規模、宇宙規模で詠めばさらに大きな視点が生まれ、細胞や原子規模で詠めばさらに小さな視点が生まれます。

■大きな視点

斜面には初夏の光がさしこみぬ三本の杉切り倒されて

田中拓也

解説

「杉」の木が切り倒された後の、山の斜面を照らす「初夏の光」を詠んだ作品です。今まで光の当たらなかった場所に光が当たった瞬間の喜びを詠んでいます。

■小さな視点

流れゆく午前のひかり白木蓮《はくれん》のひろき若葉の下より見たり

横山未来子

解説

白木蓮を照らす「午前のひかり」を「若葉の下」から見上げる視点で詠んだ作品です。樹木の下、さらに葉の下という視点を設定する繊細な感覚で光を詠んでいます。

得ることもあります。

もちろん、どちらの作品が良いかということではありません。「視点」の設定によって、作品世界は大きく変わるということです。

「大きい」「小さい」は相対的なもので、何が大きいのか、何が小さいのかは絶対的なものではありません。しかし、素材をどのように詠むかを考えるときの参考になるのではないでしょうか。

俵万智が短歌を作り始めた頃に「小さなものを詠んでごらん」というアドバイスを師の佐佐木幸綱から受けたという有名なエピソードがあります。まずは身近な小さなものから発想して、あなただけの思いを短歌にしてみてはいかがでしょうか。

作歌の心構え

五感を大切にする

視覚

たとえばカメラのピントを合わせる場面を想像してください。「遠景」「近景」どちらに焦点を合わせるかで写真のイメージは異なります。短歌も同じで、どこにレンズを向け、どこにピントを合わせるかによって作品のイメージは大きく変わります。

空より見る一万年の多摩川の金剛力よ、一万の春

聴覚

古典和歌では「鳥」の声や「風」の音は好んで詠まれました。古典和歌でたくさん詠まれた「音」であっても表現の工夫次第で現代的に表現することが可能です。

ひばりひばりぴらぴら鳴いてかけのぼる青空の段直立《きだすぐた》つらしき

鋭い感覚が新たな「発見」へ導く

短歌を詠むときには、五感（視覚・聴覚・嗅覚・触覚・味覚）を使ってものをしっかり観察することが大切です。五感という人間の原初の感覚を通して対象をとらえることによって、表現できる世界は広がります。

しかし、実は現代人にとって五感をフルに使って短歌を詠むことは、意外に難しいことかもしれません。新聞や雑誌、結社誌などの投稿歌を見ても一番多いのは「視覚」「聴覚」を通して詠んだ作品

嗅覚

嗅覚を通して短歌を作るポイントは独自性。たとえば、「花のいい香り」では短歌にはなりません。当たり前に詠むのではなく、作者独自の発見をすることが大切です。

わが夏の髪に鋼《はがね》の香が立つと指からめつつ女《ひと》は言うなり

触覚

ポイントはリアリティーです。どれだけ実物の感触を言葉によって再現できるか、読者に想像させることができるかがポイントとなります。

人肌の燗とはだれの人肌か　こころに立たす一人あるべし

味覚

単に「美味しい」「不味い」では個人の感想に過ぎません。ポイントとなるのは切り口です。その味から何を連想するのか、味から見えてくる世界があります。

ゆく秋の夜を澄むほどに酒のめば生《よ》に限りあることも遙けし

すべて佐佐木幸綱

です。それは現代社会の中で人々が最も使っている感覚がその二つだからでしょう。

短歌を作るようになった人の多くは日常生活の中で「ものをじっくり観察するようになった」と言っています。「観察すること」は「見ること」だけではありません。五感をフルに使って、ものを観察してみましょう。そこに新たな「気づき」や「発見」があるはずです（→一三八ページ）。

作歌の心構え

言葉を大切にする

◆言葉の増やし方

無理やり特別な言葉や珍しい言葉を使う必要はありません。しかし、言葉の引き出しを多くもっていると、作品世界の幅が広がります。言葉の引き出しを増やすためには、多くの作品を読むことやこまめに辞書を引くことです。

1 国語辞典、漢和辞典、類語辞典を引く

語句を調べる、正しい漢字を調べる、別の言い方を調べる。知らない言葉は常に辞書を引いて調べる習慣を身につけましょう。携帯に便利な電子辞書もおすすめです。

雲の関連語

鰯雲・鱗雲・雲海
雲合い・雲居・雲霞
雲霧・雲煙・雲路
雲の通い路・風雲
片雲・黒雲・彩雲
白雲・八雲

言葉の引き出しを増やすことも大事

日本語には「季節」や「自然」を表す言葉が多いと言われています。たとえば、「雨」を例にして考えてみましょう。和英辞典で「雨」を調べてみると「rain」と訳出されています。そして、「大雨」は「heavy rain」、「小雨」は「light rain」といった具合に「雨」を形容する表現はありますが、あくまで基本は「rain」です。

しかし、国語辞典で調べてみると、「秋雨」「秋時雨」「秋湿り」「秋《あき》入梅《ついり》」など「あ」の欄だけでも様々

2 歳時記を手元に置く

俳句でお馴染《なじ》みの「歳時記」ですが、短歌を作る際にも大いに役立ちます。自分好みの歳時記を選んでみてください。

3 多くの、多彩なジャンルの本や雑誌、新聞を読む

歌集を読むだけではなく、様々な種類の本を読むことで、思わぬ言葉に出合うことがあります。

4 メモをとることを習慣にする

会話や映画・ラジオやテレビ番組などで聴いた言葉、街中で目にした言葉など、ピンときたらすぐにメモをとる（スマホに入力する）。

5 「言葉」を意識する

「短歌に使えるかもしれない」と常に意識する。意識が変わるだけで言葉に対して敏感になります。

な言葉があります。ちなみに、ある「歳時記」では五十語以上の「雨」を表す語句がありました。これらの日本語の特性を踏まえて、短歌を詠むことは詩歌を作る楽しみの一つといえるかもしれません。

短歌を詠むことは料理に喩《たと》えられることがあります。様々な材料をどのような調理方法でどのような味付けにするかを考える料理は、まさに短歌の創作と同じといえます。

まずは、材料（言葉）を選び、季節や時間、場面や角度、比喩やオノマトペ（→七六ページ）といった修辞方法を考える。これらを踏まえて短歌を詠むときに短歌作りはますます奥深いものになるでしょう。

◆バリエーションが豊富な日本語

雨

まっしぐらに生きたきわれら竹群へ夕立の束《たば》どっと落ち来る　佐佐木幸綱

冬の街を濡らして氷雨定まれば光はにじむ窓あかりして　石川一成

人生は今どのあたり　学生に戻りし我を夏雨が打つ　田中拓也

菜種梅雨やさしき言葉持つ国を歩む一人のスローモーション　俵万智

遠花火欠けて樹上にあがりおり夏の終わりの小雨のなかに　清水あかね

ユーミンの歌にでてくる競馬場　ふる春雨に車窓より消ゆ　藤島秀憲

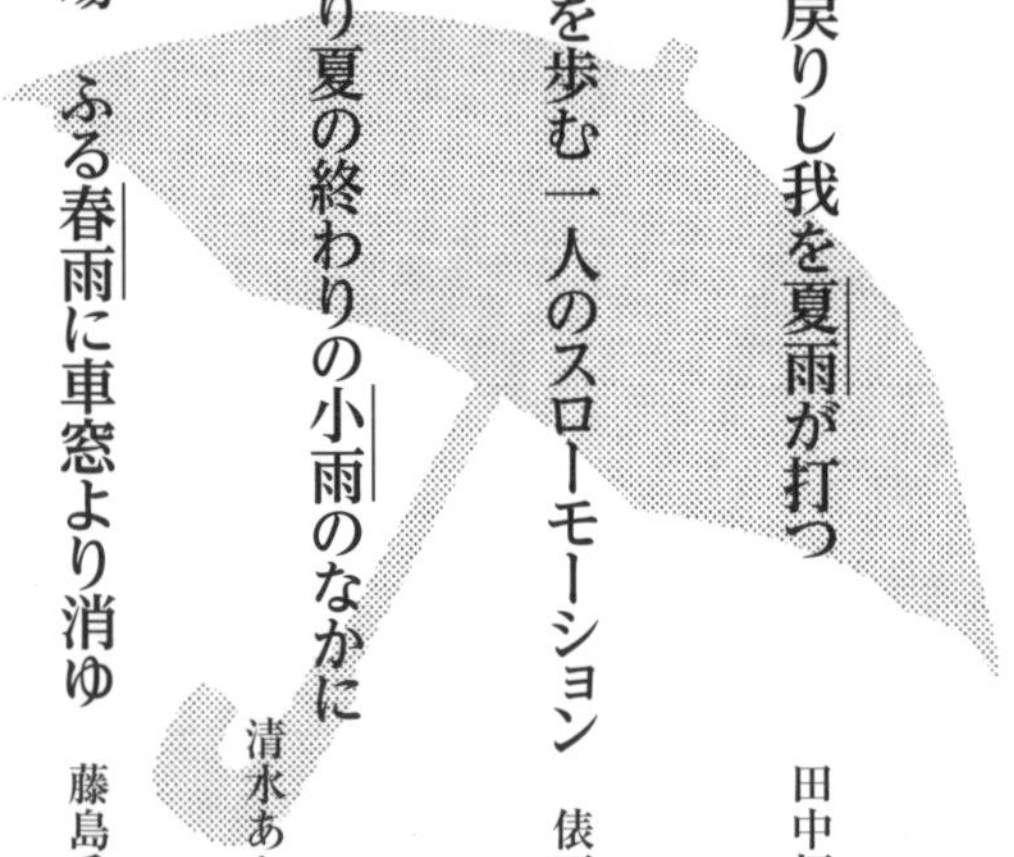

風の関連語

春風・東風・春一番
春嵐・風光る・南風
黒南風・青嵐・薫風
秋風・野分・台風
北風・空風・隙間風
風雪・風花

短歌こぼれ話　新聞歌壇の石川啄木

　現在発行されている新聞のほとんどは、短歌・俳句・川柳等の読者の投稿欄として「歌壇」「俳壇」というものを設けています。読者からの投稿作品は選者の選を受けるのですが、この新聞歌壇の面白さは投稿して短時間で結果が判明するところにあるでしょう。投稿欄は短歌の総合誌にもありますが、時間間隔が短いことは、月刊が多い総合誌に対抗できる新聞の利点です。

　掲載までの時間が短いということは、新聞歌壇には時事が反映されやすいということでもあります。

　篠弘氏の『近代短歌史―無名者の世紀―』によると、明治三十三（一九〇〇）年に新聞「日本」紙上で正岡子規が新聞歌壇を開いたのが、現在まで存続する形態の新聞歌壇の始まりだということです。篠氏はその後新聞歌壇が変化してゆく過程を、歌壇に採られた短歌と選者との関係などをからめて検証してゆくのですが、社会と密接につながる新聞の特性を意識した選がされるようになるには、ある選者の登場を待たなければならなかったと言います。

　その選者とは、明治四十三（一九一〇）年九月十五日から朝日新聞の歌壇の選者となった石川啄木です。啄木の選歌は彼の病気が極まるまでの約半年しか続かなかったのですが、篠氏は採られた多くの短歌に「近代人の生活感情と（略）底ぶかいヒューマニズム」があり、「これほど現実生活に対応できた選歌欄は（略）啄木以前にはなかった」と高く評価しています。

　さらに篠氏は啄木が選歌欄のレベルを上げるために、いくつかの変名を使って自分の歌を歌壇に載せていたことも検証しています。かなりの数があるのですが、詳しくは『近代短歌史―無名者の世紀―』を読んでいただくとして、二例だけ挙げておきます。

やはらかに草の青める田舎路あはれその昔《かみ》の君に逢はなく　秋蛾

金のない時は電車に飛び乗りて東京市中を乗回るかな　白面郎

　社会の声に耳を澄ましすくい上げるという意識は啄木という個性に宿ったものでしょう。

　明治時代も末期となり、大正時代を迎える頃になると新体詩や漢詩の勢いはさすがに衰えはじめますが、時事的な問題や政治に対する意見を、短歌よりも長いこれらの詩形で表現することはまだ続いていました。

　短歌でもそれは可能だという近代の短歌モデルを啄木が作り出し、そのモデルを各新聞歌壇は今も踏襲していると言えましょう。文学としての短歌とは色合いの違う作品群ですが、世相の貴重な証言として短い詩形が効力をもつというのも近代が発見した価値です。

　こんな歴史を教えられると、現在の新聞歌壇を読むときの視点も拡がります。

作品から学ぶ

祭

私たちの生活は「ハレ（非日常）」と「ケ（日常）」に大別することができます。「生活詠」（→一一四ページ）の中でも「ハレ（非日常）」を詠むことが可能です。その一例が「祭」。「祭」という言葉からは地域の「夏祭り」などだけでなく、「ひな祭り」「学園祭」「七夕祭り」など多くの場面が思い浮かぶことでしょう。

かくれんぼの鬼とかれざるまま老いて誰をさがしにくる村祭　寺山修司

掲出歌は現代短歌の中で「祭」を詠んだ名歌の一つ。幼い頃の「かくれんぼ」の記憶。そして、年老いてから再び訪れる自身の生まれ育った土地の「村祭」。それらを重ね合わせたこの一首からは大きなドラマが感じられます。

体育祭隣に並ぶ君と追ふ飛行機雲の新しきすぢ　山口明子

「体育祭」という学校生活における「祭」を詠んだ一首です。学校生活では通常は所属するクラスの決められた座席で授業を受けるものですが、「体育祭」や「文化祭」の時は異なります。掲出歌はそうした中で「君」と見つけた空の「飛行機雲の新しきすぢ」に焦点をあてて、一瞬の「ときめき」を表現しています。

切れのある腰つき愛《は》しきひよつとこの後ろ姿は孤独をはらむ　大口玲子

「ひよつとこ」の面をつけて踊る男の後ろ姿に感じた哀愁を「孤独をはらむ」と表現している点が作者ならではの「発見」です。短歌を詠む時に「明るさ」の中の孤独であったり、「暗さ」の中の交歓を見つめることは大切で、この「発見」が作品に深まりを与えるのです。

一匹の啼けばつぎつぎにつどひくる夜半の畑の猫祭《ねこまつり》見き　伊藤一彦

夜の畑に猫が集まっているのを「猫祭」という造語を使って詠んだ一首。「祭」という語を狭義にとらえるのではなく、広義にとらえて詠むことによって、新たな作品世界を生み出すことができる好例といえるでしょう。

作品から学ぶ

社会

私たちが生活をしている社会では日々様々な出来事が起こっています。それらの出来事をどのように詠むか、具体的に作品を見ていきましょう。

ショッピングセンターのなかぐるぐると溶け出しさうなわたしの家族　佐藤モニカ

広大な「ショッピングセンター」で、買い物を楽しみながらも感じた「違和感」を詠んだ作品。消費者として生活する中で「消費」に踊らされているかもしれない不安を詠んでいる点が独自の視点といえるでしょう。「ぐるぐると溶け出しさうな」という表現の工夫も光っています。

次々と仲間に鞄持たされて途方に暮るる生徒　沖縄　佐藤モニカ

作者は沖縄在住の女性歌人。先に紹介したような「買い物」の場から「社会」への想いを詠んだ作品もあれば、掲出歌のように「沖縄」の現状を比喩を通して鋭く詠んだ作品もあります。様々な出来事をどのように表現するか、より多くの歌人の作品を見ていくことが大切です。

雨の日の交差点《スクランブル》を渡り終へ遇ふべき人とはぐるる思ひ　小川真理子

「都市」を象徴する「風景」の一つが「交差点」といえるでしょう。掲出歌はそんな場所で感じた孤独を「遇ふべき人とはぐるる思ひ」と表現しています。「場所」と「思い」を重ね合わせた点にこの一首の特色があります。

毒入りのコーラを都市の夜に置きしそのしなやかな指を思えり　谷岡亜紀

「都市」の「犯罪」を詠んだ一首。見えない人の「しなやかな指」を想像している点にこの作品の特徴があります。「善」「悪」という価値観ではなく、あくまで「描写」と「想像」に即して表現している点が特色となっています。

短歌の言葉遣い

口語の良さ、文語の良さを生かす

妻—つま

夫＜おっと／つま

つま

- 昔は夫も妻も「つま」と言った
- 今でも夫と書いて「つま」と読ませること
- 二音で響きがいい

桐の花散り敷く夕べやすやすと夫は生命保険に入る

大口玲子

解説

この短歌ではルビは振られていませんが、音数のうえからも「夫」は「つま」と読むのが妥当です。ここでは「散り敷く」「夕べ」も文語を使っています。「桐の花」も古典によく登場する伝統的な花です。「生命保険」という現代的な素材を詠んでいますが、このような伝統的な言葉を置くことで、一首に詩的な世界を作り上げています。

現代でも使われる美しい歌言葉

短歌は長い歴史をもつ詩型です。万葉集時代の初めの頃は、人びとの日常会話に使われる言葉、つまり当時の話し言葉で歌を作っていました。しかし、時代を経るにつれ、だんだんと日常とは違った書き言葉「文語（歌言葉《うたことば》、雅語《がご》）」で歌が作られるようになります。

言葉はどんどん変化するものですが、和歌（短歌）は、江戸時代までは平安時代の言葉や文法を用いるのが一般的でした。

しかし、明治時代以降になると

★現代でもよく使われる「歌言葉」（一部）

歌言葉	意味
あ（吾）	われ・わたし
あがなふ（あがなう）（購ふ）	買う
あした（朝）	朝
あはひ（あわい）	あいだ・すき間
いづこ（いずこ）（何処）	どこ
うから（親族・家族）	親族・家族
かたみに（互みに）	たがいに
かひな（かいな）（腕）	腕
きざはし（階）	階段
そむ（初む）	～しはじめる・はじめて～する
たうぶ・はむ	食べる
たまゆら	ほんのしばらくの間
なれ（汝）	おまえ
なゐ（ない）	地震
はつか	わずか・ほのか
はつなつ（初夏）	初夏
まもる（目守る）	じっと見つめる
みゆ（見ゆ）	自然に目に入る・見える

※使うときの表記は新仮名遣いでもいい。

それまでのルールを離れ、自由にその時代その時代の言葉を生き生きと使うようになります。

とはいえ、伝統のある歌言葉には美しい言葉、良い言葉がたくさんあります。言葉に敏感な歌人たちがそのような言葉を放っておくはずはありません。明治以降の歌人たちも歌言葉を多く取り入れて作歌しました。それは現代でも同様です。

新仮名遣いと旧仮名遣い

仮名遣いは一首の中で統一

短歌での表記

新仮名遣い
＝
新仮名

現代語を書き表すための表記

旧仮名遣い
＝
旧仮名

書き言葉として一九四六年に「現代仮名遣い」が公布されるまで使われてきたもの

◆旧仮名遣いで統一した例

かへりみちひとりラーメン食ふことをたのしみとして君とわかれき　大松達知

いつしよに行かうと誘つたときにはいやだつた　一人で走る濁流の橋　辰巳泰子

仮名遣いを選ぶ際は見た目のニュアンスも大事

短歌を表記する際の仮名遣いは、旧仮名遣いなら旧仮名遣いだけ、新仮名遣いなら新仮名遣いだけと、一首で統一しなければなりません。その理由は、仮名遣いを間違っていると思われないようにするためです。

前項で挙げた歌言葉を使う際にも、新仮名遣いを選ぶなら「いづこ」は「いずこ」、「かひな」は「かいな」と記さなければなりません。

また、旧仮名遣いを選ぶ場合は日常使っている言葉であっても旧

★間違いやすい旧仮名遣い

	新仮名遣い	旧仮名遣い
青	あお	あを
紫陽花	あじさい	あぢさゐ
井戸	いど	ゐど
居る	いる	ゐる
上	うえ	うへ
鶯	うぐいす	うぐひす
餌	えさ	ゑさ
絵本	えほん	ゑほん
笑む	えむ	ゑむ
大きい	おおきい	おほきい
幼い	おさない	をさない
おじさん	おじさん	をぢさん
おばさん	おばさん	をばさん
思う	おもう	おもふ
居る	おる	をる
男	おとこ	をとこ
女	おんな	をんな
蛙	かえる	かへる
帰る	かえる	かへる
顔	かお	かほ
香り	かおり	かをり
川	かわ	かは
可愛い	かわいい	かはいい

	新仮名遣い	旧仮名遣い
昨日	きのう	きのふ
今日	きょう	けふ
胡瓜	きゅうり	きうり
京都	きょうと	きやうと
恋	こい	こひ
爽やか	さわやか	さはやか
静か	しずか	しづか
西瓜	すいか	すいくわ
蝶々	ちょうちょう	てふてふ
終に	ついに	つひに
猶	なお	なほ
匂い	におい	にほひ
藤	ふじ	ふぢ
富士	ふじ	ふじ
水	みず	みづ
夕顔	ゆうがお	ゆふがほ
漸く	ようやく	やうやく
要約	ようやく	えうやく
笑う	わらう	わらふ
～しよう	～しよう	～しよう
～の様	～のよう	～のやう
～でしょう	～でしょう	～でせう

仮名遣いを使わなければなりません。たとえば「あじさい」は「あぢさゐ」、「おとこ」は「をとこ」と書かなければならないということです。

　どちらの仮名遣いを選ぶかは、見た目のニュアンスを大切にしましょう。旧仮名遣いには、古風でやわらかな雰囲気があります。

短歌の世界

旧仮名遣いは辞書で調べる

　旧仮名遣いは、慣れないうちは難しいので、一語一語、辞書を引くことをおすすめします。『広辞苑』などには、その言葉の旧仮名遣いも表記されています。例を見てみましょう。

いえ【家】イヘ

　カタカナで書かれたものが旧仮名遣いです。旧仮名遣いとわかるようにカタカナ表記されているだけですから、「いへ」とひらがなで書いても問題ありません。

より良い作品のために言葉を練って磨く

読んでもらえる短歌作りに推敲は不可欠

「推敲」とは言葉を練って磨くこと。唐の詩人・賈島《かとう》が自作の詩の一節「僧推月下門（僧は推《お》す月下の門）」の「推す」を「敲《たた》く」にしたほうがいいのではないかと散々考えた挙句、「敲く」に直したことから「推敲」という言葉が生まれました。

推敲は作品の完成度を高めるためには避けて通れない過程です。作品ができたからといって、すぐに投稿したり、披露したりせずに、必ず推敲してから発表しましょう。

◆推敲《すいこう》の手順

1 読み返す、疑う

自分の言いたいことがきちんと言えていますか？言いたいことが読者に伝わりそうですか？できるだけ客観的に見ます。評論家になったつもりで冷静に厳しく見てください。

2 誤字はないか、文法の間違いはないか

基本的なことも確認します。手書きならば書き間違い、パソコンならば変換ミスが往々にして起こります。誤字がないか、辞書を調べながら慎重に確認してください。「親孝行」が「親考行」、「的を射る」が「的を得る」など、うっかりミスのないようにしましょう。同時に文法ミスにも注意してください。動詞と助動詞の接続は間違えやすい最大のポイントです（第四章参照）。

✕バトミントン ➡ ◯**バドミントン**

✕適格 ➡ ◯**的確**

3　声に出して読む

可能なら、大きな声で作品を読んでみてください。ただし、感情を過度に込めてしまうと、良く感じてしまいがちなので、淡々と音読します。

読みにくいところはありませんか？

短歌はリズムが何より大事。言葉の運びは滑らかですか？

つっかえるようなところは字余り・字足らずがあるかもしれません。

4　別の言葉に言い替える

字余り・字足らずが見つかり、リズムが悪いと感じたら、定型に収めるための作業を始めましょう。

一番簡単なのが、漢字の読み方を替えてみることです。

〈例〉　朝　あさ ⇅ あした　　夜　よ ⇅ よる

次に似たような言葉に入れ替えてみます。

〈例〉　道（みち）→　道路、小路、歩道、通り、ロード、ストリート

一つの言葉を様々に言い替えることができます。このとき、類語辞典があると便利です。

読み方で音数が変わる例

夫	おっと ⬍ つま
私	わたくし ⬍ わたし
吾	われ ⬍ あ
楠	くすのき ⬍ くす
鵯	ひよ ⬍ ひよどり
音	おと ⬍ と・ね
外	そと ⬍ と
足音	あしおと ⬍ あおと
腕	うで ⬍ かいな
額	ひたい ⬍ ぬか

5 語順を入れ替える

次に語順を入れ替えてみます。
初句と三句を入れ替える、四句と結句を入れ替えるなど、五音の句は五音の句と、七音の句は七音の句と入れ替えてみるのがいいでしょう。

【例】

初句　二句　三句　四句　結句

おどろきぬ／部屋とびまわる／夜の蝉／にぎやかすぎる／親父のようで

初句と三句で切れてしまいリズムが悪いので語句を入れ替えてみる。

夜《よ》の蝉が部屋とびまわりおどろきぬ……

「蝉部屋」と読まれないように「が」を入れる。
語順を入れ替えたので「とびまわる」（連体形）を「とびまわり」（連用形）に変えた。

夜の蝉が部屋とびまわりおどろきぬ親父のようで賑やかすぎる

さらに、四句と結句を入れ替えてスムーズに。
「にぎやか」を漢字に直し分かりやすくした。

6 文字（表記）を変える

漢字、ひらがな、カタカナなど、その歌にあった表記を選びます。たとえば植物の名前は漢字でもひらがなでもカタカナでも、イメージに合う表記にしてください。

「吾、我、われ」にも意味に違いはありません。あくまでも好みで、そしてその短歌に合ったものを選ぶといいでしょう。

一首に漢字が多過ぎると印象が硬くなり、逆にひらがなが多過ぎると読みにくくなります。

7 寝かしてから見直す

歌ができたときには嬉しさもあり、傑作ができたと思い込んでしまいがちです。しかし、翌朝になって見直すとがっかりしてしまうことが多々あります。できたときの興奮を冷ます意味でも短歌を「寝かす」ことは大切です。

長過ぎるのも考えものですが、最低でも三日間、寝かせることをおすすめします。

見直すときには、1から6の過程をもう一度繰り返してください。見えなかったことが見えてくることもあります。

推敲は面倒な作業ではありますが、自分の歌が良くなっていく過程を味わえて、楽しいものです。

■推敲法番外編

・全部をひらがなにする

初心者はどうしても漢字が多くなりがち。漢字が多いと硬い印象になってしまいます。すべてひらがなで書いてみるといいでしょう。そのうえで、ひらがなでは読みにくい、意味が通りにくいと思ったところを漢字やカタカナにしてみましょう。

・パソコンに打ち込む

推敲で一番大切なのは客観的に見ること。一度パソコンに打ち込んで、活字になった状態で見てください。

・諦める

頑張って推敲しても満足のいく短歌にならないときもあります。そのときはきっぱり諦めてしまいましょう。

とはいえ、一度は完成した短歌。捨てるのは惜しいです。「未完成ノート」なるものを作って保管しておきます。あなたがレベルアップしたときに、見違えるような作品に生まれ変わるかもしれません。

作品から学ぶ

事件・事故・災害

現代短歌で事件・事故・災害を詠んだ作品は、実体験を基にしたものもありますが、多くはテレビや新聞・インターネットなどを通して得た「情報」を基に詠んだ作品といえるでしょう。大切なのは、何をどのように詠むか、自身の「視点」や「立ち位置」をどのように踏まえるか、ということです。「情報」をそのままではなく、「なぜその事件・事故・災害を詠むのか」という根本的な問いかけが大切なのです。

なぜ銃で兵士が人を撃つのかと子が問う何が起こるのか見よ

中川佐和子

掲出歌は一九八九年に中華人民共和国で起こった「第二次天安門事件」を詠んだ作品。この作品では直接「天安門」という固有名詞は使わずに、テレビを見ていた子どものセリフを用いて、自身の想いを詠んでいる点が特徴となっています。

「現場に居たら止めてた?」などと聞いて来る友のあり　たぶん撮ったよ俺も

矢部雅之

掲出歌の作者はテレビ局の報道カメラマン。事件・事故の報道現場の会話を切り取り、特殊な場面を詠んだ作品ですが、いわゆる「気持ち」を表す言葉を使っていない点や会話に焦点を当てていることに注目しましょう。

また、この歌は職業としてのカメラマンの仕事に徹するかどうかの「葛藤」を詠んだ作品ですが、もし、葛藤する気持ちをそのまま表現したら、読者の側は作品を読み深めることはできません。読者の立場を考え、作者としてどんな工夫をするべきかを考えるきっかけを与えてくれる一首といえます。


産まざればできぬ虐待、遺棄、心中きらきらとわが手中にをさめ　大口玲子

掲出歌は「虐待」「遺棄」「心中」という様々な事件・事故を自身の身に置き換えて詠んだ作品です。

事件・事故というと「他人事」のように誰もが感じることがあると思います。しかし、この作品の作者はそれらが自分にも起こりうることではないかという自省を基にこの作品を詠んでいます。短歌という表現形式は短い詩型ですが、その短さゆえに様々な表現が可能です。

作品から学ぶ

牛のほとけ豚のほとけとなりたりや口蹄疫より五年の過ぎて

伊藤一彦

掲出歌は宮崎県で発生した「口蹄疫」の発生から「五年後」を詠んだ作品。事件・事故・災害が大々的に報道されると、多くの短歌が詠まれますが、しばらくたつと、忘れ去られていくことが多いものです。「口蹄疫」の発生によって、殺処分された「牛」や「豚」への想いを「五年後」に詠んでいる点に特徴があります。

モニタリングポスト埋もるる雪の朝われと生徒と白き息吐く

本田一弘

作者は東日本大震災後の福島で「社会」への想いを様々な角度から詠み続けています。掲出歌は放射線量を測定する「モニタリングポスト」の傍《そば》で生活することへの複雑な想いを詠んだ作品。「モニタリングポスト」「雪の朝」「われと生徒と」という具体的な事物や場面を表現している点が光ります。「想い」だけでは短歌の表現にはなりません。何をどのように詠むかが作歌のポイントなのです。

東京は大丈夫です—係助詞《かかり》「は」に其の人の心根を見る　本田一弘

こちらも同じ作者の作品です。今度は、ある政治家の「発言」を素材にして、「係助詞『は』」に焦点をあて、自身の想いを詠んでいます。具体的な事物を必ず入れなければならないというわけではありません。こうした表現方法もあるのです。

カーナビは知人の宅を不意に告ぐ　がれきのみなる道走るとき　山口明子

この作品は東日本大震災後、岩手県在住の作者が津波の被害を受けた海岸近くの知人宅を訪れる際の体験を詠んだ作品。この作品の注目点は三句目の「不意に告ぐ」です。「カーナビ」が告げた到着地点はがれきばかりでかつてあった知人宅はなかったという驚きを詠んでいますが、「カーナビ」を主語にして、擬人法を用いた点が独特です。

作品から学ぶ

歴史

近現代短歌において歴史を詠んだ作品は数多くあります。ここでは様々な世代の歌人が詠んだ「戦争」を主題とする短歌を紹介したいと思います。

われの世に戦争ありき次の世のなほおほいなる戦争のため　竹山広

竹山広は長崎県で被爆し、生涯を通して自身の体験を深化させた作品を詠み続けた歌人です。太平洋戦争が終わり、「戦後」を迎えた「日本」。しかし、作者は「戦後」という言葉に甘んずることなく、「次の世のなほおほいなる戦争」を想像することによって、現代社会に対して警鐘を鳴らしています。

おそらくは今も宇宙を走りゆく二つの光　水ヲ下サイ　岩井謙一

この一首は広島・長崎に投下された原爆の閃光が、長い年月を経た今もなお宇宙空間を進んでいるのではないかという「想像」を詠んでいます。結句の「水ヲ下サイ」は原民喜の詩の一節を引用しています。

戦争を見ている家族　われら四人いつか見らるる家族になるか　駒田晶子

この作品の舞台は家族でテレビを見ている居間です。家族全員で食事をしているのでしょうか、それとも団欒《だんらん》しているのでしょうか。作者はそんな何気ない時間にふと気づきます。自分たちが暮らす地域で戦争になれば自分たちが被災者となり、報道の対象となることに。実生活を通して「歴史」を詠む一つのヒントがここにあります。

戦死者のまなこは閉じぬものなれば小さき魚のわれは出でいる　馬場あき子

海底に沈む「戦死者」の骸骨の間を通り抜ける「小さき魚」を想像して詠まれた一首。作者自身が「魚」になって海底を泳ぐという幻想的なイメージに凄《すご》みがあります。現実体験に留まらず想像を飛躍させて短歌を詠むことによって作品世界は大きく広がります。

短歌こぼれ話　短歌の連作にとり組みつづけた佐佐木信綱

短歌は短い詩型とはいっても、一首で完結するように表現するのが基本理念です。

たくさんの歌が並んでいても前後に関係はなく、並べ方を変えてもそれぞれ独立した一首として成り立つことが望ましいのです。

とはいっても時代は複雑さを増しています。時代が複雑になれば心情も複雑になり、いろいろなことが絡みあって現象も多面的になってきます。

まさに今は複雑化が一気に進もうとしている時ではないでしょうか。そんなとき、短歌では連作によって心情を吐露することができます。世界に向き合い、自分の今を確かめるために連作は有効なのです。

連作といったときにすぐに思い浮かぶのは斎藤茂吉の「死にたまふ母」でしょう。教科書に載っていたので、覚えている方も多いかと思います。これらは大正二（一九一三）年の作品です。

連作のはじめは、文芸誌「めさまし草」（明治二十九年五月）に佐佐木信綱が発表した「笛」十二首ということになっています。

わが笛を吹すさびつつかくながらのぼりやすらむ天つみ空に

笛ふくはわれかあらぬか懐かしき聲こそひびけ雲のはたてに

笛の音はいづこぞたれぞわが身今ありやあらずやゆめか現か

身もあらずあたりも分《わか》ず笛もなし田へなる調《しらべ》四方にみちつつ

結びの部分から四首あげてみました。月の光を浴びながら笛を吹くうちに、忘我の境地に至るという展開です。信綱にも浪漫精神があったことを感じさせます。

現代人の目から見るとテーマも詠いぶりもとても古風なのですが、近代短歌史が新しく開けてゆく起点となった作品として受けとめてください。

信綱は「複雑なる思想をうたふには、古くあつた連作といふものの如きも、なほ新しく詠み試みてみたい」（明治四十〈一九〇七〉年）と言っています。

洞庭湖を訪れたときには、李白の洞庭湖の詩五首の展開にならって短歌の連作を試みています。連作の方法は古典からも学ぼうとしていたようです。

今わたしたちが連作を考える場合、近代人が「複雑なる思想」を短歌で表現しようとしたという、その思いこそ忘れてはならないことのように思えます。

それは人間は「考える人」であり、「考えつづける人」だということを大事にしたということでしょう。

斎藤茂吉の力のこもった連作も、彼が考えつづけた人だった、という証《あか》しともなっているのです。

第二章

短歌の表現テクニック

短歌の技法

比喩——直喩・暗喩・擬人法を使う

◆比喩を使った表現

詠みたいもの　⬇紅葉する木
喩えに使うもの　⬇炎、火

直喩
炎のように燃える木

暗喩
木は舞い上がる炎となる

擬人法
木が空に火を点ける

別のものに喩えて表現する「比喩」

「比喩」は、昔から短歌で大切にされてきた表現技法です。新鮮な、意外な比喩により、ありきたりなものでも驚くほどインパクトのあるものに表現することができます。逆に月並みな比喩では、歌はつまらないものになってしまうでしょう。

比喩には、「直喩」「暗喩」「擬人法」があります。たとえば「木が紅葉する」ことを「炎」「火」をイメージして表すとします。直喩法というのは「炎のように燃え

■直喩

「明喩」とも呼ばれ、「ように」や「ごとく」「似る」などを使い、喩えであることをはっきりと示す用法です。くっきりと鮮やかなイメージを与えますが、使いやすい分、既成の表現におちいりがち。また多用すると単調になってしまいます。

列車にて遠く見ている向日葵は少年のふる帽子のごとし　寺山修司

解説

列車の窓から小さく見える向日葵を帽子に喩えています。帽子と向日葵というまったく違うものを列車が結びつけています。なぜなら列車に乗る人に、別れの挨拶に帽子を振るというシーンは映画などでよく見かける馴染み深いものだから。直喩により明るく鮮明なイメージの歌になっています。

房総へ花摘みにゆきそののちにつきとばさるるやうに別れき　大口玲子

解説

この短歌は物ではなく「人との別れ」という出来事を詠んでいます。一緒に花を摘みに行くという甘く楽しいデートのあと、突然に訪れた別れ。「つきとばさるるやうに」という比喩から、その別れが相手からの一方的なもので、作者にいかに大きなショックと哀しみを与えたかがわかります。

る木」などと「ように」や「ごとく」「似る」などを使い、喩えであることをはっきりと示す技法です。それに対し暗喩法は「ように」や「ごとく」は使わず「木は舞い上がる炎となる」などとすることです。また擬人法は人ではないものを人に喩える技法のことで、「木が空に火を点《つ》ける」というふうに、あたかも木が人の動作をしたように表現します。

どの技法も詠む対象と比喩するものとの間にほどよい距離や緊張感があることが大切です。感性を大切にしながら、オリジナルな比喩に挑戦しましょう。ただし、独りよがりにならないようにし、読み手に詠みたいものやことがよく伝わるかを考えて作りましょう。

■暗喩

「隠喩」とも呼ばれ、何を比喩するかをはっきりと言わず隠しているものが多いのが特徴。暗喩は直喩にくらべて作るのも読みとるのも難しいのですが、成功するとイメージに膨らみが与えられ、味わい深く奥行きのある表現になります。

暗道のわれの歩みにまつはれる蛍ありわれはいかなる河か　**前登志夫**

解説

暗い道を歩いていると蛍がまとわりついてきました。蛍は水辺の生きものだから、それにまとわりつかれる自分の身体を「河」に喩え、蛍にまとわりつかれる戸惑いを「いかなる河か」と疑問形で表現。人間を河に喩えることで、生命存在の不思議さまでも考えさせるような奥行きのある表現になっています。

早起きはどん百姓の得意技午前三時をともえ投げする　**高辻郷子**

解説

一首全体で農家の早起きを柔道の技に喩えている、とてもユニークな短歌。農家の朝は早い。だから早起きは得意技なのでしょう。しかし、午前三時という、極めつきの早起きを「ともえ投げ」でやっつけてしまうという表現がインパクト大。ユーモアあふれる中にも、農家の方の実感がこもった表現。

「ように」「ごとく」「似る」
→ 使っている ⬇ **直喩**
← 使っていない ⬇ **暗喩**

人ではないものが人のような言動を
← している ⬇ **擬人法**

■擬人法

擬人法は、人ではないものを、人のように表現することで、あたかも人と同じような心をもっているかのように感じさせます。そのために読者にユーモアやインパクトを与え、共感や感動を得やすい反面、幼稚な表現になってしまうことがあります。

蟻と蟻うなづきあひて何かことありげにはしる西へ東へ

橘《たちばな》曙覧《あけみ》

解説

二匹の蟻が出くわし、また反対方向に走っていくという場面をよくよく観察した作者。作者にはその蟻たちは何かを相談し、うなずき合っているように見えています。そして互いに納得して、訳ありげに急いで反対方向へ別れていく。蟻の動きがユーモラスで微笑《ほほえ》ましく、イソップ物語を思わせる楽しい短歌。

みちのくの体ぶつとく貫いてあをき脈打つ阿武隈川は

本田一弘

解説

みちのく＝東北を人体に、そして東北を走る阿武隈川を大静脈に喩えている歌です。その青くぶっとい静脈は人間と同じように絶えず脈打っています。東北という国土を、川を、人間と同じように命ある心あるものとしてとらえているのです。擬人法をダイナミックに使いこなした短歌。

短歌の世界

古典和歌の比喩「見立て」

和歌の時代から比喩は「見立て」と呼ばれ、親しまれてきました。「見立てる」とは、あるものを仮に別のものと見なす、という意味です。

たとえば『小倉百人一首』には紅葉が敷きつめられた川を、真紅の絞り染め（くくり染め）に見立てた名歌があります。

ちはやぶる神代も聞かず竜田川からくれなゐに水くくるとは

在原業平

（不思議なことの多かった神代の昔にも聞いたことがない。竜田川が真紅の色に、水を絞り染めにしているとは）

短歌の技法

オノマトペ――擬音語・擬態語を使う

音や気持ち、動きを独特の〝音〟で表現

「ワンワン犬が吠える」の「ワンワン」や、「バタンとドアが閉まる」の「バタン」のような音を表す言葉を「擬音語」、「スタスタ歩く」の「スタスタ」や「そよそよ風が吹く」の「そよそよ」のように様子を表す言葉を「擬態語」と言います。この二つを合わせて「オノマトペ」と呼んでいます。

オノマトペは場面をくっきり浮かび上がらせる効果があり、臨場感のある短歌を作る大きな武器となります。

◆独自のオノマトペを楽しむ

オノマトペは、「擬音語」という意味のフランス語です。オノマトペにはどのようなものがあるのか、落ち葉の音の例を挙げてみました。あなたはあなた独自のオノマトペを作ってみましょう。

みずいろの花芯のごとき一灯にひらりひらりと家族がそろう

宇都宮とよ

解説

夕餉《ゆうげ》の食卓でしょう。蛍光灯の灯《あか》りの元に家族がつぎつぎに集まる様子を「ひらりひらり」というオノマトペで表現しました。テーブルの席につく様子が目に浮かぶようなオノマトペです。蛍光灯を花芯に、家族一人ひとりを花びらに見立てています。

残りたる夏の底より白雲がたふねすたふねす湧き出ずるなり

大谷ゆかり

解説

一般的には「もくもく」で表す入道雲を、「たふねすたふねす」というオリジナルなオノマトペで表現しています。「たふねす」にはもちろん英語の「タフネス」の意味も含まれます。夏が終わりに近づいても、白い雲を次から次へと湧き出させているような入道雲。その雲に驚嘆し、まるで応援しているかのようなオノマトペです。

べくべからべくべかりべしべきべけれすずかけ並木来る鼓笛隊

永井陽子

解説

並木道を行進するにぎやかな鼓笛隊の音楽を表現するのに助動詞「べし」の活用形を使うという、工夫された一首。「べくべから～」という「べ」の音の繰り返しが太鼓など打楽器の音を連想させせます。「べし」の活用形のリズムの楽しさを心ゆくまで味わわせてくれる、音を楽しむ一首です。

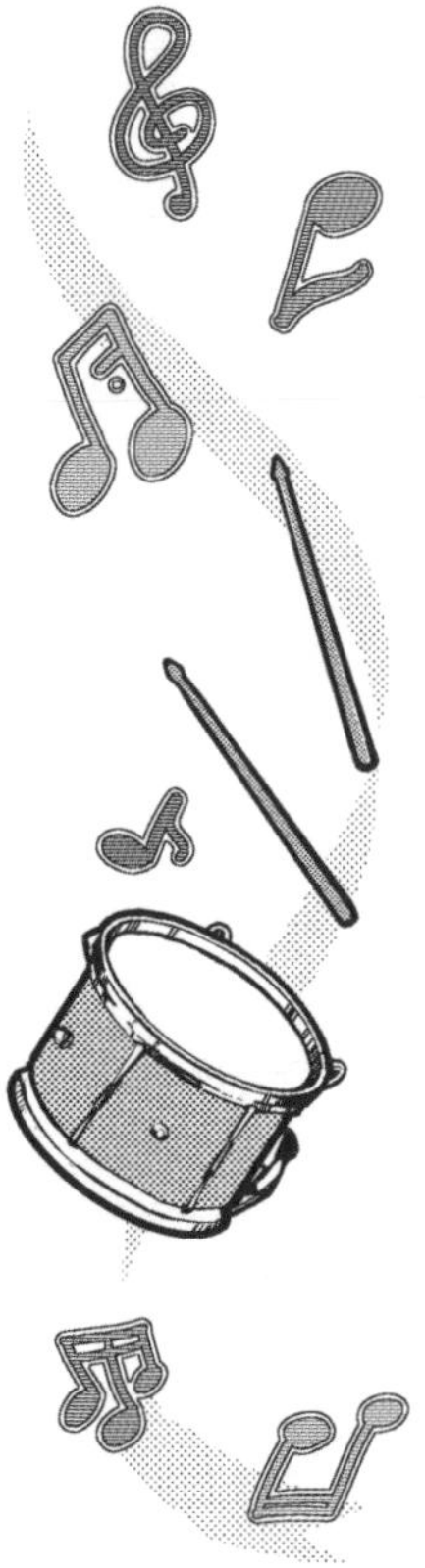

ただし、「ワンワン」や「スタスタ」のようなありきたりな表現を安易に使うと、かえってつまらない短歌になってしまうことがあります。犬だっていつも「ワンワン」と鳴いているわけではありません。ところが、私たちの頭の中には知らず知らずのうちにしみ込んだ「犬はワンワン、猫はニャンニャン」のようなパターンが作られています。

短歌を作るときには、日頃の常《じょう》套《とう》的な表現を頭から追い出し、ものをよく見たり聞いたりしましょう。そして、新鮮でオリジナリティーのある表現を意識して作りましょう。

短歌の技法

リフレイン――繰り返し・反復を使う

ポイント

- 同じ言葉を繰り返し使う
- 意味が強調される
- 心地よいリズムが生まれる

リフレイン

みちのくの母のいのちを一目見ん一目みんとぞただにいそげる

斎藤茂吉

解説

名歌といわれる茂吉のこの短歌には「一目見ん一目みん」という印象的なリフレインが使われています。東京にいる茂吉が「母、危篤」の知らせを受けて、急いで故郷の山形に駆けつけるときの心情を詠っていて、「生きている母に一目でも会いたい」という切迫した気持ちが、「一目見ん」の繰り返しに込められています。

同じ言葉を重ね思いの強さを伝える

同じ言葉を繰り返すことで、言葉の意味が強調され、思いの強さを伝えることができます。

たとえば「このケーキ、食べる?」と聞かれ、食べたいと強く思うときには「食べたい、食べたい!」と言葉を繰り返すことがよくあります。私たちは日常生活でも、知らず知らずのうちにリフレインを使っているのです。

また、繰り返される事柄を、同じ単語を繰り返し使うことで、よりリアルに伝えることもできます。

点滅はひたすらに告ぐ此処にゐる此処にゐる此処に此処にゐる

峰尾碧

解説

蛍を詠んだ一首。蛍の灯りの点滅を「ここにいる」という叫びと捉えています。「此処にゐる」の繰り返しが、灯りが点いたり消えたりするイメージと重なります。三回目は「ゐる」が省かれていて、これは文字数の関係もありますが、畳みかけるようなリズムを生み、蛍の切実な気持ちを代弁しているようです。

わが部屋を君おとずれん訪れん座布団カバーを洗うべし洗うべし

藤島秀憲

解説

恋人が初めて自分の部屋を訪れる前の喜びと緊張を詠っています。「おとずれん」の繰り返しは、わくわくした気持ちを表しています。一方、「洗うべし」の繰り返しはまるで呪文のように響きます。きれいに掃除をしようと自らに言い聞かせているようで、必死になって掃除している作者の、微笑ましくもユーモラスな姿が眼に浮かぶようです。

強調の効果のほかに、短歌においてリフレインは心地よいリズムを生み出します。

リズム、言葉の響きは短歌の命といっていいかも知れません。何度も声に出して短歌を読み上げ、心地よいリズムを作り、効果的なリフレインを使ってみましょう。

短歌の技法

会話体――セリフをそのまま使う

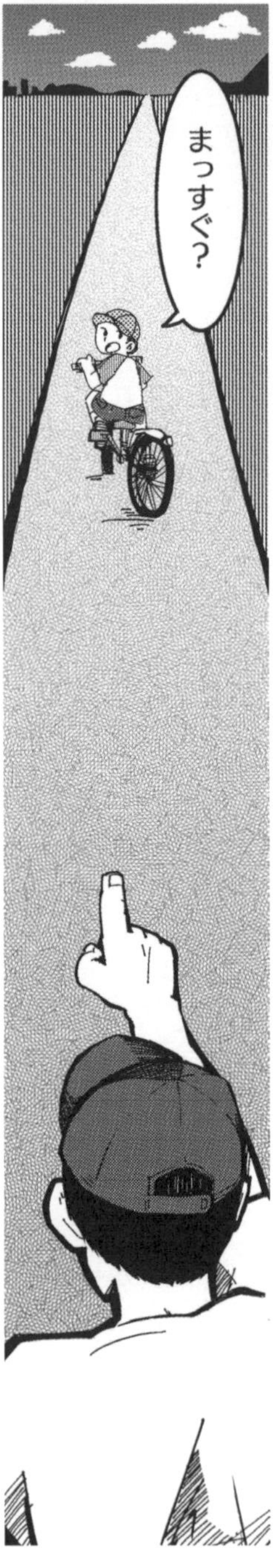

会話を短歌に取り入れることで、短歌が生き生きとし、面白さや楽しさが直接伝わります。また、言いたいことが強調され、心情をダイレクトに表すことができます。

のぼり坂のペダル踏みつつ子は叫ぶ「まっすぐ?」、そうだ、どんどんのぼれ

佐佐木幸綱

解説

自転車で坂をのぼる子どもがどこまでのぼればいいのか不安になって、父親に「まっすぐ?」とたずねます。「そうだ、どんどんのぼれ」はそれに対する父親の返答。父の答えに「 」をつけないことで、この答えが今だけのものではなく、子どものこれから先の人生に対する祈りのように読者に響きます。

生き生きとした臨場感のある短歌に

「ご飯だよ」とか「はやく帰ろう」など、私たちが普段している何気ない会話。その会話をそのまま短歌の中に取り入れると、生き生きとした臨場感のある歌ができます。また会話体はそのままの形で、それを話した人の年頃や性別、

「飲み過ぎではないかメールがうつすらと酔つてゐたで」と友書きてきぬ
梅原ひろみ

解説

初句から四句までが会話文で成り立っている短歌。しかもメールのやり取りを詠っています。現代ではメールやSNSが多用されますが、それらは書き言葉ではなく、話し言葉で書くことが多いのでしょう。そして、この短歌は関西弁を取り入れていますが、その地域特有の言葉を取り入れることで、個性的な味わいのある短歌を作ることができます。

たそがれの電車の響きは繰り返す「なに言うてんねん、なに言うてんねん」
武富純一

解説

こちらも関西弁の短歌。電車のガタゴトという響きが、作者には「なに言うてんねん」と聞こえるというユニークな歌。もしかしたらこのときの作者の何かに対する不満な気持ちを表しているのかも知れません。これがもし「なに言ってるの」という標準語だと雰囲気が全然違ってしまいます。関西弁のユーモラスな口調が一首の雰囲気をゆるめ、不満をも温かい表現にしています。

出身地などの個性を示すことができ、ときには会話する相手との関係性も自然に表現されます。少ない字数で、すべてを説明することができない短歌にとっては、上手く使えば会話体は実は大きな味方となるのです。「　」（カギカッコ）を用いるとより会話だとわかりやすくなります。また、自分の気持ちを独り言のように会話体で表現するのも、心情をダイレクトに表現できて効果的です。

取り入れる会話体が五音、七音に当てはまらないものでも、少し言葉を補うことによって上手くいくことが多くあります。また、口に出してリズムが良ければ多少の字余りや字足らずも一首の中に上手く収まるでしょう。

短歌の技法

倒置法――言葉の順番を入れ替える

倒置法

緑の風が吹いている
⬅
吹いている緑の風が

ゆつくりと我の論理を変へながら／読み継ぐ／『メキシコ革命史』を

佐佐木頼綱

解説

本のタイトルを結句に持ってくることで、印象を強めています。文字通りのゆっくりとした詠いだしから、「読み継ぐ『メキシコ／革命史』を」と四句五句の句割れ、破調がかえって作者の変化を表すような印象を与えます。

言葉を逆にすることで印象がずっと強くなる

言葉の順番を通常と逆にすることで、印象を強めることができます。

「あなたが好きです」と言われるより、「好きです、あなたが」と言われるほうがドキッとしますね。いきなり「好きです」と言われてはっとするし、はっとした後の「あなたが」も心にストレートに飛び込んでくる感じがします。語順を入れ替えることで「好きです」も「あなたが」も両方とも印象が強くなります。

たんぽぽの綿毛を吹いて見せてやる／いつかおまえも飛んでゆくから

俵万智

解説

語順を入れ替えて、始めに動作をもってくることで、幼いわが子にたんぽぽの綿毛を吹いて見せている映像が目に浮かんできます。そしてその綿毛の飛んでいく様子とオーバーラップして、いつか子どもが巣立っていくことを予感している母親の、切ない愛情が胸に響いてくる歌です。結句が「から」で終わっていることにより、余韻が残ります。

オジさんも／行ってもいいか訊いてみる／双子の甥との夏の旅行に

黒岩剛仁

解説

語順を入れ替えることでなぞなぞのように、オジさんが行きたがっているのはどこかな？　と読者に思わせます。そしてその答えが四句・五句にあるという作りになっている短歌。少し大きくなった双子の甥っ子にオジさんがおずおずと「一緒に旅行に行っていい？」と尋ねる様子は、ユーモアとほんの少しのペーソスがあって味のある一首。

このように言葉は通常と順番を入れ替えるだけで、生き生きと動き出すのです。名歌にはこの「倒置法」を上手く使った歌が数多くあります。

一度作った自分の短歌の言葉の順番を入れ替えて、印象の違いを考えたり、リズムを整えたり、試行錯誤が良い短歌を生み出します。

短歌の技法

体言止め——一首を名詞や代名詞で終える

耳が似てない
似ていない耳（名詞）

泣き疲れ壁に向かいて眠る子よわたしにちっとも似ていない耳

鈴木陽美

解説

叱られたのでしょうか。疲れて眠るまで泣き続けていた子ども。「壁に向かいて」ということは母親に背を向けているのでしょう。母子の葛藤が感じられます。その子の耳の形が自分に似ていないことに気がついた作者。体言止めで終わらせることによって、子どもの耳がクローズアップされ、その耳が読者にリアルに迫ってきます。

読んだ後、短歌に余韻を持たせる

一首の終わりを名詞や代名詞で止めることを「体言止め」と言い、読んだ後、その短歌に余韻を持たせることができます。

日常会話でも、雪が降っていることに気がついたときに、「あっ、雪が降っている」と言うより、「あっ、雪」と「雪」という名詞だけで言葉を終わらせると、「雪」のイメージが強調され、心にジーンと余韻が残ります。これが「体言止め」の効果です。

また、「動き」や「さみしさ」

せつなさと淋しさの違い問うきみに口づけをせり　これはせつなさ

田中章義

解説

「せつなさ」は「せつない」という形容詞の名詞形。確かに「せつなさ」と「淋しさ」の違いを言葉で説明するのは難しいものです。それを君に口づけで伝え、そして「これはせつなさ」と教える。「せつなさ」という体言止めに、文字通りジーンと胸がせつなく締め付けられてしまいます。

わが仕事この酔ひし人を安全に送り届けて忘れられること

高山邦男

解説

タクシードライバーの作者の短歌。「こと」という名詞で終わる短歌は意外に多く、この歌もそのうちの一首。作者の仕事は酔った人を安全に送り届けるという大切な仕事ですが、しかしそれは、時に乗客本人にさえ忘れられてしまう目立たない仕事。「忘れられること」と体言で収めることで、読み手に余韻を残し、作者の切ない気持ちに共感を抱かせます。

など動詞や形容詞が名詞化した言葉で終わる場合も同様の効果があります。

ただし、体言止めを安易に多用するのは禁物です。体言止めを使うと、いわゆる〝短歌っぽい〟歌が作れるのですが、使いすぎるとワンパターンに陥ってしまうので注意しましょう。

短歌の技法

対句法——対になる語句を用いて対照的に表現

対句を使うと短歌のリズムが整う

「対句法」はもともと漢詩に使われた表現ですが、短い詩である短歌にも効果的な用法です。

対になる言葉には、よく似たものや反対のものを使います。そして対になる言葉以外の語句（助詞や助動詞、動詞など）を揃《そろ》えて同じ「型」のフレーズを作るのです。

対句には短いものから長めのものまでありますが、中には一首全体が対句で成り立っている短歌もあります。

◆対照的な意味の単語で印象的に

対になる語句やフレーズを使うことで、歌にリズムが生まれます。

それぞれの言葉が対になっている

対句になっている

観覧車回れよ回れ想ひ出は君には一日《ひとひ》我には一生《ひとよ》

栗木京子

解説

「君」と「我」、「一日（ひとひ）」と「一生（ひとよ）」という対照的な意味を重ねた対句。リズムがよく、強い印象を与えます。観覧車に乗って遊園地で遊んだ一日は、あなたにとってはたった一日の些細な出来事に過ぎないけれど、私にとっては一生忘れられない想い出だという片思いの切なさを詠んだ短歌。この対句表現で二人の愛情の濃淡、強弱がくっきりとわかるように仕上がっています。

青嵐の只なかにゐて豊かなり吾に子のあり子に妻のある

佐佐木由幾

解説

「青嵐」とは初夏の青葉を揺すって吹き渡るやや強い風。その風の中、息子の結婚を喜び、しみじみと幸せを噛みしめる母の思いが表現されています。「吾に子のあり」「子に妻のある」の畳みかけるような対句表現が勢いを生み、幸福を詠んでいても甘い感傷に流されず、引き締まった一首に仕上がっています。

穂すすきが穂が濡れて居り鈴虫が鈴虫の声が濡れて居るなり

佐佐木幸綱

解説

一首全体が対句で成り立っています。秋の野の風景を詠んでいますが、雨上がりなのでしょう。すすきの穂が濡れていて、鈴虫の鳴き声もどこかすっきりせず、湿り気を帯びています。「濡れる」という動詞を、聴覚を表すことにも使い、「濡れる」という一語で「穂すすき」と「鈴虫」をつなぎました。対句表現を一首の勝負どころとした短歌です。

短歌の世界

漢詩の対句についても知っておこう

漢詩では文法上の構造が同じで、各語の持つ意味などが対応している句を「対句」と言います。たとえば、有名な杜甫の「春望」は一句と二句が対句となっています。

国破山河在　城春草木深　杜甫「春望」

国破れて山河あり　城春にして草木深し

これは、以下のように各語が対応しています。

国	破	山河	在
↓	↓	↓	↓
城	春	草木	深
名詞	動詞	名詞	動詞
場所	変化	自然	状態

この場合、春は春になるという動詞と捉えます。こうしてみると見事に呼応していることがわかります。

短歌の技法

数詞――数を表す言葉をあえて使う

一千四百三十メートルの頂きに有る湖の青おもひて眠る　佐佐木由幾

解説

大幅な字余りにもかかわらず一首に入れられた「一千四百三十メートル」が、読者に強いインパクトを与えます。数字の具体が、下句の、「湖の青」を想像して「眠る」という甘くロマンティックな表現を引き締めている一首です。一千四百三十メートルの山頂にある湖とは群馬県の丸沼のことで、原生林に囲まれた青い美しい湖だとわかります。

火の気なき部屋に広ぐる訪問着五十歳《ごじゅう》のわれを母は知らざり　倉石理恵

解説

母親の遺品整理をする場面でしょうか。一首の中で「五十歳」という数詞が大きな意味をもちます。作者は現在五十歳で、母親はかなり前に亡くなってしまっています。母親の遺した訪問着は、当時の若い作者には似合わなかったのが、今、五十歳になり、ようやく似合うようになった。「五十歳」という年齢のもつ、落ち着いた、やや翳《かげ》りのあるイメージが短歌に陰翳《いんえい》を与えています。

数詞で場面がぐっと具体的になる

「一・十・一人・二つ・三個・四枚・五分・七歳……」などといった数字の入った言葉を「数詞」と呼びます。数詞を短歌の中に入れると、場面がぐっと具体的になり、面白みが増します。

たとえば「部屋に数人の人がいる」という表現は大ざっぱですが、「二人いる」あるいは「四、五人いる」とすれば、場面が鮮明に浮かび上がります。また、具体的な数字を使うことにより、ある特定のものを、その名前を使わずに伝

538456番のコンテナに二羽の海鳥ついと降り立つ

田中拓也

解説

一首に二つの数詞が使われています。「二羽」からは、海鳥が一羽ではなく「二羽」で降り立ったことに作者が注目したことがわかります。また、「538456番のコンテナ」からは、たくさんあるコンテナでもその一つ一つに違いがあり、大切なかけがえのないものだという意図が伝わってきます。実はこの短歌は東日本大震災後の海の様子を詠んだ一首で、流れ着いたコンテナに二羽の海鳥は降り立ったのです。

こだまー《ひく》のぞみ＝《の》六十八分のために選んでいるミステリー

細溝洋子

解説

数詞のみならず数式までも取り込んだ一首。新幹線でも目的地に行くのに「こだま」でかかる時間と「のぞみ」でかかる時間には差があります。この短歌の場合、その差は六十八分。一時間余りとせず、正確に六十八分としたところに、より強いリアリティーが感じられます。「こだま」を選んだ、あるいは選ばざるを得なかった作者が、その乗車時間の差を埋めるために読むミステリーを選ぶ。作者の遊び心が楽しい一首です。

えることもできます。

一つの数字には実は重い意味や多くの事実が込められているのです。数字は漢数字で書くことが多いのですが、場合によっては算用数字を使うこともあります。

短歌の世界

使えない文字はない

短歌に使えない文字はありません。漢字、ひらがな、カタカナ、数字、英語、記号、なんでも使うことが可能なのです。

扉《ドア》の向うにぎつしりと明日　扉のこちらにぎつしりと今日、Good night, my door!《ドアよ・おやすみ！》
岡井隆

機械われ一度ぶるんとはたらいて産んだ子十七《じふしち》歳　凹《へこ》んでゐるよ
米川千嘉子

ogihara@、の後の領域さむざむときらめかせ朝の電子メールは
荻原裕幸

短歌の技法

カタカナ・ローマ字・英語表記――印象の違いを知る

朝顔
あさがお
アサガオ

ガーナチョコひと区画ずつ折りながら桜の下に月の出を待つ　笹本碧

解説

「ガーナチョコ」という商品名を短歌の中に詠み込んだ一首。板チョコには縦横に割れ目が付いていますが、その割れ目に沿ってチョコを割りながら、つまり食べながら、桜の木の下で月の出を待っています。下句はさながら古典和歌のような情景ですが、上句の「ガーナチョコ」が現代を表しています。なのにちょっと懐かしい情緒的な気分を味わわせてくれる一首です。

見た目から違った印象を与える

漢字とひらがなで書かれた文の中に、カタカナが混じるとそれだけで目を引きます。また、同じ花の名前でも「朝顔」を「あさがお」ではなく「アサガオ」と書くと感じが変わります。カタカナには少し乾いた、無機的な印象があるようです。

現代では、日常生活の中に、物の名前や外国の地名を始め、カタカナ表記が溢《あふ》れています。それらを上手く短歌に取り入れていきましょう。

サンマルタン運河は夏のきらめきを注ぎて白き船を持ち上ぐ　服部崇

解説

「サンマルタン運河」とはパリを流れる運河の名前。運河に白い船が浮かんでいる様子を詠っています。夏のパリの明るい光にきらめきながら流れる運河。そのきらめく運河に、水の流れに持ち上げられるように白い船が浮かんでいます。「サンマルタン運河」という地名が、パリの明るい光を運んできてくれます。

銀色に照りたるiPhoneの看板の端で土鳩は羽を休めて　田中拓也

解説

今やすっかり私たちの生活になくてはならないものとなった「iPhone」などのスマホ。日常の一部となった物の名はそのままアルファベットの表記で書いていいです。「LINE」や「FAX」もしかり。掲出歌では「iPhone」と横書きにしていています。シャープなイメージの「iPhoneの看板」の端で休んでいるのは、素朴な「土鳩」。その落差に短歌としての味わいがあります。

また、さらに私たちの生活に欠くことのできないローマ字表記も恐れずに取り入れていきましょう。短歌もまた、現在を生きる詩型なのです。

表記でイメージが異なる動植物の名前（言い替えで文字数合わせにも）

ローズ	バラ	ばら	薔薇
リリー	ユリ	ゆり	百合
チェリー	サクラ	さくら	桜
マグノリア	モクレン	もくれん	木蓮・木蘭
アメンボ	ミズグモ	あめんぼ	水馬（すいば）
カタツムリ	マイマイ	でんでんむし	蝸牛
バタフライ	チョウ	ちょうちょ・てふてふ	蝶・夢見鳥
イノシシ		のじし	猪・野猪
オタマジャクシ		おたまじゃくし	蝌蚪（かと）

作品から学ぶ

固有名詞

地名・人名など固有名詞を使うと短歌がより具体的になります。普通名詞の「街」を新宿・銀座・原宿など固有名詞に替えるだけで、その街が持つ印象を歌に取り入れることができます。固有名詞を上手に使ってワンランクアップしましょう。

立山が後立山《うしろたてやま》に影うつす夕日の時の大きしづかさ　川田順

固有名詞を出したことによって屹立《きつりつ》した山並みが目に浮かぶようになりました。日本三霊山の一つの立山ですから神秘的な雰囲気も生まれます。

こころあるわかき友らはつくるといふ原子力なき鉄腕アトム　坂井修一

核の問題を詠っています。声高に反核を詠うのではなく、手塚治虫が生んだキャラクターの名を使うことで核の問題が身近に感じられるようになりました。

「道草」を書きはじめたる漱石の暗く執念《しふね》き心をおもふ　内藤明

『道草』は夏目漱石の最後の小説。病に苦しみながらも書き始め、死によって未完に終わりました。作家の執念を詠うには「道草」と「漱石」の固有名詞を使うのが一番でしょう。

ひとり来て観音裏の路地町の「割烹ちぐさ」に酌まむと歩む　島田修三

固有名詞「割烹ちぐさ」がやさしい雰囲気を生んでいます。酒と料理がおいしそうですし、きれいな女将《おかみ》が居そうな感じもします。

東京は孤独になれぬ孤独ありともかく空に季《とき》が行き合う　三枝昻之

多くの人が集い、どこに行っても人がいる「東京」、その地名が生かされています。孤独になれない孤独という心境と「東京」という地名が持つ殺伐としたイメージがうまく重なります。そんな東京でも季節は移り変わってゆくのです。

作品から学ぶ

心を詠む――愛

短歌は「抒情詩」と呼ばれています。『万葉集』の作品は大きく分けると「雑歌」「相聞歌」「挽歌」の三種類（諸説あり）で、「相聞歌」とは愛の歌、「挽歌」とは人の死を悼む歌であり、「心」を詠んだ作品が『万葉集』の中心となっています。短歌という詩型が千年以上にわたって詠み続けられているのも、その「心」の表現方法として日本人に適していたからでしょう。愛しいという言葉だけを何度繰り返しても、その気持ちは短歌になりません。「自然」や「事物」に託して「心」を詠むことが第一歩です。

やは肌のあつき血汐にふれも見でさびしからずや道を説く君　与謝野晶子

「恋」を詠んだ名歌として知られている一首。上の句の「やは肌のあつき血汐にふれも見で」という具体的な描写、下句の「さびしからずや道を説く君」という「君」への呼びかけ。「描写」＋「気持ち」が基本的な「心」を詠む時のスタイルといえます。

たとへば君　ガサッと落葉すくふやうに私をさらつて行つてはくれぬか　河野裕子

「ガサッ」というオノマトペによって、少し乱暴なくらい勢いのあるすくいかたがイメージされ、愛する君に、丸ごとの私を強引にさらっていってほしい、と女性の側から挑発している大胆な恋の歌になりました。

愛された記憶はどこか透明でいつでも一人いつだって一人　俵万智

四句五句がリフレインになっている印象的な歌です。「いつでも」を「いつだって」とより強調する言葉に変えています。リズムに変化が生まれると共に、恋が終わったあとの寂しさや孤独感がさわやかな中にも強調されています。

トホホホホとはわれの口癖　情けなや惚れていしゆえ別れてしまえり　晋樹隆彦

「愛」を詠んだ短歌も千差万別です。この一首は「惚れていしゆえ別れてしまえり」に気持ちが込められているといっていいでしょう。そして、「トホホホホ」という嘆きの中のユーモアのある表現が作品の詩性《ポエジー》を高めています。

心を詠む――喜・怒

人生の折々に感じる喜びや怒り、これらを詠む時もできるだけ直接気持ちを表す言葉を用いないことがポイントで、そのものではなく比喩などを用いるといいでしょう。

人の世はめでたし朝の日をうけてすきとほる葉の青きかがやき　佐佐木信綱

生きることの喜びを朝日を浴びて光り輝く木々の「葉」を通して詠んだ一首です。この作品も「事物」を通して、「心」を表現しています。また、結句の「かがやき」という体言止めも効果的に使われています。

あおぞらを燕がすべり白犬の仔犬のテオが家に来たる日　佐佐木幸綱

新しい家族となるペットを迎える瞬間の喜びを詠んだ一首。気持ちをダイレクトに表現する言葉はありませんが、「あおぞら」「白犬」といった色彩感覚溢れる表現が明るいイメージを喚起させ、「燕がすべり」「家に来たる日」という動きを表す言葉も作品に躍動感を与えています。そして、「テオ」という固有名詞によって一匹の仔犬が家族となることが強調されています。状況を丁寧に描写することを通して喜びが表現されています。

激怒後のわたし泥々の牛となり泥となりくらき穴ぼことなる　佐佐木幸綱

この作品では「激怒後」の心理状態を「泥々の牛」「泥」「穴ぼこ」と比喩を通して表現している点が特徴です。「激怒」の状況をつぶさに詠んでも、状況報告になってしまい「詩」にはなりません。どのように詠むかが短歌作りのポイントの一つです。

男ありゆうべのやみのふかみにて怒れるごとく青竹洗う　伊藤一彦

この作品のポイントは「怒れるごとく青竹洗う」という具体的な行動描写にあります。一心不乱に「青竹」を洗う姿の中に作者は「怒り」を見ているのです。あるいは、「男」というのは自分自身のことかもしれません。このように、「怒」の行動を丁寧に詠むという方法もあります。

作品から学ぶ

心を詠む——哀・楽

「哀しみ」を詠んだ作品は古典和歌から近現代短歌まで無数にあります。「哀しみ」は短歌という詩型で表現するのに適した題材なのかもしれません。しかし、短歌には「楽」を詠んだ作品もたくさんあります。ここでは、代表的な「哀」「楽」の作品を紹介します。

あぶないものばかり持ちたがる子の手から次次にものをとり上げてふつと寂し

五島美代子

短歌という詩型ではふと感じたことが題材となることが多いため「ふと」という言葉は避けるのが常道です。しかし、この作品では具体的な描写が「ふっと寂し」という一語を導きだす構成となっており、寂しさを引き立てています。こうした表現方法も短歌では可能です。

わたくしの絶対とするかなしみも素甕に満たす水のごときか

築地正子

この作品では比喩を通して「かなしみ」を表現している点に特徴があります。この一首の中には「かなしみ」の内容を説明する言葉は一切ありません。しかし、「絶対とするかなしみ」という一語から読者は様々な想像をすることになります。

たのしみは妻子《めこ》むつまじくうちつどひ頭《かしら》ならべて物をくふ時

たのしみは心にうかぶはかなごと思ひつづけて煙艸《たばこ》すふとき

たのしみは朝おきいでて昨日《きのふ》まで無《な》かりし花の咲ける見る時

橘曙覧

江戸時代の歌人の作品です。作者は「たのしみは」で始まる短歌を並べた「独楽吟」五十二首という作品を残しています。すべてが「たのしみは」で始まり「とき」で終わる短歌で、身近な事象で日々の暮らしの中のしみじみとした楽しみを詠み分けています。

短歌こぼれ話

対句の楽しみ

本書の「対句法」を読んで、面白そうなので、それではトライしてみようと思われた方は多いでしょう。しかしいざ始めてみると……なかなか難しいことに気がつかれると思います。なぜでしょうか？　その理由は、対句という技法が漢詩に由来するからなのです。漢詩も短歌も定型の叙情詩という基本は同じです。とはいっても短歌は漢詩の一番小さな形式・五言絶句とくらべても格段に短い詩型です。漢詩は漢字一つで多くの情報を伝えることができるのに短歌は一音では意味が表せません。

しかも漢詩の対句といったら、律詩（八句からなる詩）の真ん中部分（三〜六句）をグラウンドのように使って繰り広げられる華麗なパス回し、つまり詩人の言語能力を競う場なのです。

ですから漢詩の対句は種類や手法が煩わしいほどたくさんあります。興味が湧いた方は漢詩講座を覗《のぞ》いてみるのも良いかと思います。

さて、そんな本来は短歌には馴染みにくい対句ですが、成功すると表現効果倍増なので諦めるわけにはいきません。

ここで一つ紹介したいのは、中世の説話集『今昔物語集』巻二十四にある話です。

菅原道真は学問の神様として知られていますが、漢詩にも和歌にも堪能でした。

人々にもてはやされた道真の句に、

東行《とうこう》西行《さいこう》雲《くも》渺々《びょうびょう》
二月《にがつ》三月《さんがつ》日《ひ》遅々《ちちたり》

というのがあります。

説話では道真の死後この句の「読み」がわからなくなっていたと伝えています。「とうこうさいこう／くもびょうびょう」「にがつさんがつ／ひちちたり」というのは「読み」ではないのでしょうか？

漢詩を朗詠する際には、表現に即した読み上げ方と、句の意味をわかりやすく伝える読み方の二通りあったのでしょう。

現代人の私たちが読んでもそれほど難しくないと思える句なのに、中世の人は道真が表現しようとした本来の「意味」を知りたいとこだわったのです。

あるとき、北野神社に詣でた人に夢のお告げがありました。この句は、

とさまに行きこうさまに行き、雲はるばる、
きさらぎやよい、日うらうら

と読むのだというのです。

「とうこうさいこうくもびょうびょう」にくらべると、ひどく間延びした「読み」ですが、春たけなわの頃の雲の行き来する空のひろさと、長いのどかな日を愛《め》でる作者の気持ちが伝わってきます。

朗詠するリズムも大事、それと共に、いえそれ以上かもしれませんが、伝えようとする内容も大事なのです。

対句を短歌に取り入れる際にチョット思い浮かべてほしい昔の話。

第四章

短歌の言葉の使い方、扱い方

現代短歌にもつながる和歌のテクニック

和歌で学ぶ高度な技法

一千三百年もの長い歴史をもつ短歌。まだ「和歌」と呼ばれていた時代には、様々な表現技法が発達しました。現代の私たちからすると、驚くほど凝った高度な技法もあります。

明治時代以降はあまり技巧的な歌は好まれなかったため、現在の歌人たちはそれらの技法にこだわらずに短歌を作っていますが、中には今でも短歌を作る際に効果的に使用できるものもあります。ぜひ知っておいてください。

◆和歌で使われた七つの技法

先人たちの技を知っておくことは、短歌の長く豊かな歴史に触れ、名歌を鑑賞するうえで大切な知識になるとともに、短歌を作る際のヒントにもなります。

■**枕詞**　特定の言葉を導き出すために、その言葉の前に置く語です。

■**序詞**　枕詞より長いものが多く、特定の言葉を導く枕詞とは違い、掛かる言葉が自由で、オリジナリティーに富んでいます。

■**掛詞**　同音異義語を利用して一つの言葉に二重の意味をもたせます。

■**縁語**　一首の中心になる言葉と関係のある言葉を歌の中にこっそりと隠して使います。

■**詞書**　和歌の前に記される、その歌が詠まれた事情を説明した文章のことです。

■**本歌取り**　先人の歌の一部を詠み込んで二重写しにし、感動を深めます。

■**歌枕**　古くからしばしば和歌の中に詠み込まれ、人びとに親しまれてきた日本各地の名所旧跡などのことです。

■枕詞（まくらことば）

竹に降る雨むらぎもの心冴えてながく勇気を思いいしなり　佐佐木幸綱

（「心」に掛かる枕詞：むらぎもの）

（竹に降る雨を見ているうちに、心が冴えざえとしてきて、「勇気」というものに思いを馳せてときを過ごした）

解説

「むらぎもの」という「心」に掛かる枕詞が使われた現代短歌。枕詞は訳さないものとされていますが、「むらぎも」は漢字では「群肝」と書くので、肉体から発する心をイメージさせます。

★現在でも使われることの多い枕詞（一部）

〈枕詞〉	〈導く語〉
あかねさす（茜さす）	日、光、昼、紫
あらたまの（新玉の・荒玉の）	年、春、月
うつせみの（空蝉の）	命、世、身
くさまくら（草枕）	旅、露

〈枕詞〉	〈導く語〉
たらちねの（垂乳根の）	母、親
たまきはる（魂極る）	命、世
ぬばたまの（射干玉の・烏羽玉の）	黒、夜、闇など
わかくさの（若草の）	妻、夫

枕詞（まくらことば）

「枕詞」とは特定の言葉を導き出すためにその言葉の前に置く語のことで、『万葉集』に多く例が見られます。たとえば「母」を導く「たらちねの（垂乳根の）」や、「妻」を導く「わかくさの（若草の）」のような言葉です。

五音の語が多く、特定の言葉を修飾したり、歌の調子を整えたりします。歌の意味を考えるときには、枕詞に意味をもたせませんが、漢字を見るとわかるように、元々は意味がなかったわけではありません。

枕詞は現代短歌でもイメージを豊かにしたり、雰囲気を出したりするためのアクセントとしてしばしば使われています。

■序詞（じょことば・じょし）

泣くおまえ抱《いだ》けば髪に降る雪のこんこんとわが腕《かいな》に眠れ　佐佐木幸綱

「こんこんと」を導く序詞

（泣くおまえを抱いていたら雪が降ってきて、おまえの髪に降りかかっていく。私の腕の中でこんこんと眠りなさい）

解説

「泣くおまえを抱いていたら雪が降ってきて、おまえの髪に降りかかっていく」というのが景物の文脈。

「こんこんと」は「雪がこんこんと降る」と「こんこんと眠る」の同音異義語として使われています。

「雪の中でこんこんと眠れ」と解釈するのはナンセンスで、そのまま読むのには無理があります。しかし、上句を序詞として「こんこんと」を導くための言葉と解釈すると、一首の中に、雪の中で恋人を抱きしめるという切なく美しいイメージ世界を創ることが可能になります。

「わが腕に眠れ」が「自分の腕の中でこんこんと（安心して深く）眠りなさい」という思いの文脈になります。

**あしびきの山鳥の
尾のしだり尾の
ながながし夜を
ひとりかも寝む**

序詞（じょことば・じょし）

「序詞」はあとに出てくる言葉を修飾するという点では、枕詞と同じ働きをしますが、枕詞より長いものが多く、特定の言葉を導く枕詞とは違い、掛かる言葉が自由で、オリジナリティーに富んでいます。

たとえば、『小倉百人一首』の中の「あしびきの山鳥の尾のしだり尾のながながし夜をひとりかも寝む（柿本人麻呂）」では「あしびきの～しだり尾の」は「ながながし」を引き出すための序詞です。わびしい独り寝の長い長い夜に、山鳥の長くたれた尾のイメージが重なり、リズムの良さとともに味わい深い歌になっています。

序詞は高度な技法ですが、現代

短歌にも時おり使用されています。比喩や同音異義語によって景物と思いの文脈が重なり、イメージの豊かな短歌を作ることができます。

掛詞(かけことば)

「掛詞」とは同音異義語を利用して一つの言葉に二重の意味をもたせて用いる技法です。

たとえば「まつ」に「松」と「待つ」、「あき」に「秋」と「飽き」を掛けます。掛詞は三十一文字という限られた字数の中で、より多くのことを伝えるために編み出された技法であり、知的で洒落《しゃれ》た言葉遊びでもありました。『古今和歌集』や『新古今和歌集』では大変に好まれた技法でしたが、明治以降にはあまり使われませんでした。

■掛詞（かけことば）

たち別れいなばの山の峰に生《お》ふるまつとし聞かば今帰り来《こ》む
在原行平

掛詞「因幡《いなば》」―「往《い》なば」
掛詞「松」―「待つ」

（お別れをして私は因幡に行くのですが、その因幡の山の峰に生えた松ではないけれど、あなたが私を待っていてくれるとお聞きしたならば、今すぐにでも帰って参りましょう）

解説

『古今和歌集』の中の歌。一首の中に「いなば」「まつ」の二つの掛詞が使われています。作者が因幡守として赴任する際の送別宴で詠んだと考えられている歌で、掛詞の定番の「まつ」とともに、「いなば」で送別宴でのライブ感を出しています。「因幡」は今の鳥取県東部のことで、「往ぬ」は立ち去るという意味。

【掛詞の例】

- まつ ＜ 松 / 待つ
- あき ＜ 秋 / 飽き
- かれ ＜ 枯れ / 離れ
- なる ＜ 成る / 鳴る
- うき ＜ 憂き / 浮き

■縁語（えんご）

袖ひちてむすびし水の凍れるを春立つ今日の風やとくらむ　紀貫之

（むすび：掬《むす》ぶ ← 結ぶ　春：張る　立つ：裁つ　とく：溶く ← 解く）
袖の縁語：結ぶ・張る・裁つ・解く

縁語	掛詞
袖 — 結ぶ	掬ぶ — 結ぶ
袖 — 張る	春 — 張る
袖 — 裁つ	立つ — 裁つ
袖 — 解く	溶く — 解く

（袖も濡れるほどにして手にすくった水が凍ったのを、今ごろは立春を迎えた今日の風が溶かしているだろうか）　＊水などを手ですくうことを古語では掬ぶ（むすぶ）と言った。

解説

『古今和歌集』の中の春の訪れを喜ぶ歌。そこに「袖」に関連する言葉である「結ぶ」「張る」「裁つ」「解く」が、歌の趣旨とは関係しない掛詞として配置されています。春の喜びを表現した歌であると同時に、縁語によって衣の袖に関わる言葉で統一されているという二重の面白さをもつ歌になっています。

縁語（えんご）

一首の中心になる言葉と関係のある言葉を歌の中にこっそりと隠して使うことによって、調子を整え、連想をからませて、表現効果を高める技法のことを「縁語」と言います。縁語には掛詞を駆使して作られるものが多くあります。

縁語は一首全体の趣旨には無関係でなければなりませんが、一方で縁語によって歌の心情や内容に統一感をもたらす効果を与えるという難しい技法です。作者の仕掛けた暗号のようなこの技法は、『古今和歌集』『新古今和歌集』、またそれ以降、江戸時代までたいへん盛んに用いられていました。

■詞書（ことばがき）

現代短歌の詞書の例を挙げましょう。どれも詞書により、どのような場面を詠んでいる短歌なのかが読者にはっきりと伝わります。また、歌だけでは言い足りないメッセージを読者に伝えるために詞書を使うこともあります。

薬師寺展（於・東京国立博物館）のために

千三百年立ち来たまいていや増しに肌《はだえ》も若き日光菩薩

佐佐木幸綱

八月九日　長崎原爆資料館

われと違ふガイドに付きてやや先の展示に見入る子の背中見ゆ

大口玲子

岩手、宮城、福島あがたの警察は月命日に捜索をする

青雲《あおくも》の出で来四年を見つからぬ汝がぬばたまの髪は乱れて

本田一弘

詞書（ことばがき）

和歌の前に記される、その歌が詠まれた事情を説明した文章を「詞書」と言います。たとえば先に挙げた『古今和歌集』の紀貫之の歌には「はるたちける日よめる」という詞書がついており、その歌が立春の日に詠まれたことがわかります。そのほかの作者の歌にも、「○○が亡くなり、それを悼んでの歌」、「初めての夜を過ごした後、相手の女性に送った歌」など様々な歌の成立事情が記されています。

現代短歌では、通常、詞書は付けませんが、連作や歌集の中には詞書の付いた短歌があります。友人への挽歌、特別な場所やイベントでの歌、事件や災害を扱う歌に多く使われます。

■本歌取り（ほんかどり）

かきやりしその黒髪の筋ごとにうち臥すほどは面影ぞ立つ

（本歌取りA）（本歌取りB）（本歌取りC）

藤原定家

（あの夜、掻《か》き撫でてあげた黒髪の一筋一筋が、くっきりと目に浮かぶ。私一人うち臥せっていると）

〈本歌〉黒髪の乱れも知らずうち臥せばまづかきやりし人ぞ恋しき

（B）（C）（A）

和泉式部

（黒髪の乱れにも気づかずに横たわっていると、初めてこの髪を掻き撫でてくれたあの人が恋しくてしかたない）

解説

『新古今和歌集』で定家は「かきやりし」「黒髪の」「うち臥す」を『後拾遺和歌集』の和泉式部の歌から取りました。ただ、内容にはかなりの違いがあります。和泉式部の歌は初めて自らの黒髪を掻き撫でてくれた男を恋しく思い出す女の歌なのに対し、定家の歌は女と別れて帰ってきた男の立場で詠まれています。まるで、式部の黒髪を撫でた男のその後に成り代わったかのよう。式部の歌を見事に発展させた一首です。

本歌取り（ほんかどり）

本歌取りとは、先人の歌の一部を詠み込んで、二重写しにし、感動を深める技法のことです。

本歌はもちろん皆がよく知っている有名な歌でなければなりません。また作者には本歌の内容をよく理解したうえで、新しく変化させたり、発展させたりすることが要求されました。

『新古今和歌集』に多い技法ですが、その代表的歌人である藤原定家は、「同世代の歌人の歌句は取ってはいけない」「五句のうち三句を取ってはいけない」などのルールを提唱していました。

現代短歌でも古典和歌を本歌取りした味わいのある歌が見られます。

本歌取り
聞くやいかに　初句切れつよき宮内卿の恋を知らざるつよさと思ふ

米川千嘉子

〈本歌〉聞くやいかにうはの空なる風だにも松に音するならひありとは

宮内卿

（心ない風でさえも待つ相手を訪れるというのに、肝心のあなたは来てはくれないのですね）

解説

『新古今和歌集』からの本歌は不実な恋人を思う歌。宮内卿は鎌倉時代の天才少女歌人で、二十歳前後で夭折しました。この恋の歌も題詠による架空の恋を歌ったと言われています。米川の歌は、その宮内卿の歌の初句切れの特徴を上手く取り入れ、その強気の語調について恋を知らない強さだと評することで、恋を知ったが故の自身のもどかしい心持ちを表現することに成功しました。

■歌枕（うたまくら）

都をば霞とともに立ちしかど秋風ぞ吹く白河の関

能因法師

（都を春霞とともに出発したが、白河の関に到着したときには早くも秋風が吹いていたよ）

歌枕（うたまくら）

古くからしばしば和歌の中に詠み込まれ、人びとに親しまれてきた日本各地の名所旧跡のことを「歌枕」と言います。長い間に多くの歌人により詠み継がれる中で、イメージが固定され、その土地の名を詠み込むことで、奥行きのある作品が生まれました。実際にそこに行って歌を詠むというより、その地名のもつイメージを利用して和歌に詠まれるという面が強くありました。

実際には行っていない「白河の関」の歌を詠みたいがために、京からの往復の日数を計算して家にこもっていたという能因法師の『古今著聞集』の逸話は有名です。

作品から学ぶ

動物

「生き物」を詠む時のポイントも何を詠むか(素材)、どのように詠むか(表現方法)の二点です。大きなものか、小さなものか。細部を描写するか、行動を描写するか。擬人化するか否かなど様々な表現方法を考えるのも短歌を作る時の楽しみの一つです。

母の名は茜、子の名は雲なりき丘をしづかに下《くだ》る野生馬　伊藤一彦

「野生馬」を詠んだ一首。この作品の眼目は「野生馬」につけられている名前の美しさにあるといっていいでしょう。「茜」「雲」という言葉の響き。そして、「しづかに下る」という細やかな描写。それらが調和して、魅力ある作品世界を生み出しています。

おたまじやくしふるると昇り浮きゐしが息を抜きたるやうにしづみぬ　横山未来子

細部にこだわって「おたまじやくし」を描写している点に特長があります。「ふ

るると」浮かんできて、「息を抜きたるやうに」沈んでいく対象の姿をオノマトペや比喩を用いて丁寧に表現しています。また、ひらがな表記を多くしている点も「おたまじやくし」の姿を想起させる工夫の一つとなっています。

猫の兄猫の妹目をつむる梅雨の晴れ間のクローバーのうへ

斎藤佐知子

動物を詠む時に擬人法を用いることはよくあります。掲出歌は猫のきょうだいという関係性を発見して対象を詠んだ点に特徴があります。対象をかわいいと思う気持ちだけでは平凡な一首になります。観察と修辞が個性的な作品を生み出す原動力となります。

部屋の隅に離れて眠る猫の耳ときどき我を確かめている

森屋めぐみ

「猫」を細かく観察し、眠りながらも「耳」を動かしている様子を描写しています。「ペット」への愛しさを直接的に表現するのではなく、「観察」を通して、細かく描写している点が特徴です。対象を細かく観察すること。これは「生き物」に限らずどんな対象を詠む時にも大切です。

作品から学ぶ

植物

「植物（草花）」を詠む時のポイントも「観察」です。どれだけ観察するかが一首の出来栄えを左右するといっていいでしょう。

牡丹花《ぼたんくわ》は咲《さ》き定《さだ》まりて静《しづ》かなり花《はな》の占《し》めたる位置《ゐち》のたしかさ　木下利玄

「花」を詠んだ名歌の一つ。咲き誇る牡丹の花の一瞬の様子に焦点をあて、描写しているのが特徴です。特に下句の「花の占めたる位置のたしかさ」というフレーズは花の存在感を見事に表現しています。

細胞の一つ一つに約束が組み込まれている　耳を澄ませる　笹本碧

科学が進む中で、新しい言葉はどんどん増えていきます。また、同じように新しい視点も増えていきます。この作品は「植物」の遺伝子レベルの生態を詠んだ点が大きな特徴となっています。

父母逝きて明治も逝きしわがめぐり森閑として植物しげる

築地正子

この作品は過ぎゆく時の流れと「植物」を対比している点に特徴があります。「父母」が亡くなり、「明治」という一つの時代が過ぎ去っていっても、変わらずに茂り続ける「植物」。その対比を通して「無常観」を詠んだ作品と理解することも可能です。

戦わぬ男淋しも昼の陽にぼうっと立っている夏の梅

佐佐木幸綱

「梅」を詠んでいますが、春ではなく「夏の梅」を詠んでいる点が特徴となっています。「梅」の花は営々と詠み続けられており、新しい表現を生み出すためには「工夫」が必要です。この作品では、「戦わぬ男」と「夏の梅」という取り合わせの独自性を通して、新たな作品世界を生み出しています。

作品から学ぶ

生活・家族

短歌には「生活詠」というジャンルがあります。「生活詠」とは日常生活における体験や想い、家族などを詠んだ作品をさしています。「生活詠」が詠まれるようになったのは明治時代以降のことと言われています。「花鳥風月」を詠むことが中心であった江戸時代の和歌から近現代短歌へと変化していく中で生まれた一つのジャンルが「生活詠」です。

はたらけど
はたらけど猶《なほ》わが生活《くらし》楽《らく》にならざり
ぢつと手《て》を見《み》る

石川啄木

この短歌の魅力の一つは共感性です。啄木の「はたらけど／はたらけど」という気持ちは現代を生きる多くの人々にも通じるものだと思います。また、表現面の眼目は結句の飛躍にあります。たとえば、結句が「通帳を見る」ではありきたりな表現になってしまいます。「ぢつと手を見る」という象徴的な行為だからこそ、読者はそこから想像を広げ、状況を思い描き、自身の人生と重ね合わせることができるのだといえます。

新妻の笑顔に送られ出《い》でくれば中より鍵を掛ける音する　久松洋一

「鍵」をかけることは当たり前のことですが、そんな当たり前のことを悲哀たっぷりに詠んだ点が作品の特徴となっています。日常生活のどんな場面をどのように詠むかは「生活詠」の大切なポイントです。

膝の上に眠りゐる子のはみ出せる部分のふえて雲ゆたかなり　佐藤モニカ

我が子を「膝」の上で抱く瞬間の喜びを詠んだ一首。この作品では子の身体が大きくなったことを実感した瞬間を「はみ出せる部分のふえて」と細部に焦点をあてて詠んだ点が特徴となっています。また、結句の「雲ゆたかなり」は四句目までとは直接のつながりはない表現です。これらの工夫が作品としての魅力をぐっと高めています。

作品から学ぶ

カレー鍋ぐずぐず煮込む日曜の家族三人みな眼鏡なり　鈴木陽美

ふと家族の共通点に気づいた時の感慨を詠んだ作品。「カレー鍋」「眼鏡」という具体的な事物に焦点をあてた点が特徴となっています。細部の何を詠むかは一首を仕上げる時の大切な観点となります。

そつぽ向く娘の背《せな》に〈反骨〉といふ新しき骨を見つける　花美月

成長して反抗期を迎えた「娘」への想いを詠んだ作品。何かと反発する「娘」の中に「反骨」を見つけたという発想力が鮮やかです。このように「反抗期」という語句で括《くく》ることなく、言葉を吟味することが大切です。

鯉のぼり片付けられて家家に眩しき風の記憶眠れる　細溝洋子

「家族」を事物に託して表現することも可能です。掲出歌は「鯉のぼり」が飾られなくなった風景を通して地域社会の家族の変貌を表現しています。このように「家族」の詠み方は多様です。

家じゅうの異変はすべて我のせい消えてしまったつめ切りふたつ　武富純一

家族の「つめ切り」を二つともなくした犯人が「我」と指摘されているという小さなドラマをあえておおげさに詠んでいる一首。もし、紛失したものが現金などの貴重品類ではこの作品の魅力は半減してしまいます。「つめ切り」というささやかなものだからこそ映える表現といえます。

夏椿さらさらと咲きお父さんパンツを脱いだらパンツを履こう　藤島秀憲

老親介護の深刻な場面をユーモラスに詠んだ作品。悲しい現実の場面の中で「夏椿さらさらと咲き」という美しい表現を用いたり、「パンツを脱いだらパンツを履こう」とユーモアを入れることで、一首の魅力を高めています。

深刻なことをあえてユーモラスに表現したり、逆に些細なことをあえておおげさに詠むのも短歌作りのテクニックの一つです。特に「家族」には想いが強いだけに「心情」と「描写」がアンバランスになりがちです。これは、「家族」に限らずどんな短歌を作る時にもあてはまることかもしれません。作歌時の参考にしてみましょう。

おさえておきたい文法

助動詞──ほかの語に接続して意味を添える

助動詞

き・けり……過去の助動詞
つ・ぬ・たり・り……完了の助動詞
む〈ん〉・らむ・けむ……推量の助動詞
なり……断定の助動詞

竹に降る雨むらぎもの心冴えてながく勇気を思いいしなり
（し：過去の助動詞　なり：断定の助動詞）

佐佐木幸綱

解説

この歌には文語の助動詞が使われています。「し」は「〜た」という過去を表す助動詞「き」の連体形で、「なり」は「〜である」という断定の助動詞。下句は「長い間勇気について考えていた」という意味ですが、ここで「思いいしなり」と一首を文語の助動詞で結ぶことで、歌の姿が形よく決まり、重厚な響きを生み出しています。これが口語で「思っていたよ」などとしては姿や響きが軽々しいものになってしまいます。

現代でもよく使われる文語の助動詞

文語の文法の正しい使い方を知ることは、現代短歌を作るうえでも大いに役に立ちます。

たとえば、文語の「助動詞」には、歌を引き締める、微妙な気持ちを伝える、リズムを整えるなどの利点があります。

ただし、助動詞には上にくる語との接続や活用の仕方といったルールがあるので、これを知っておかなければ正しく使うことができません。難しいと諦めてしまわず、短歌を作る際に挑戦してみましょう。

■き・けり……過去の助動詞

わが血もて緑葉濡らしし日のありきじんじんとして森を怖れき　伊藤一彦

（し：過去の助動詞）（き：過去の助動詞）（き：過去の助動詞）

解説
緑の葉で手か足を切ってしまったのでしょうか。森の中で怪我《けが》をしたという過去の体験を詠っています。「し」と、二回の「き」で時制が過去に揃えられています。「じんじんと」から肉体的な痛みと恐怖が伝わってきます。

あたらしく冬きたりけり鞭のごと幹ひびき合ひ竹群はあり　宮柊二

（けり：詠嘆の助動詞）

解説
竹林が冬の冷たい風にしなりながら響き合うさまから、「新しい冬がやってきたなあ」という感慨を表現しています。毎年訪れる冬なのに、その冬を「あたらしく」やってきたと捉える作者の感性の鋭さを表現した一首ですが、詠嘆の「けり」で二句切れにすることによって、読者にストレートに気持ちが伝わります。

	未然形	連用形	終止形	連体形	已然形	命令形	接続
き	（せ）	○	き	し	しか	○	活用語の連用形
けり	（けら）	○	けり	ける	けれ	○	活用語の連用形

＊○は活用形なし。（　）もあまり例がない。

過去を表す助動詞

「き」も「けり」も、「〜た」という過去を表す助動詞です。「き」は、活用の仕方が特殊なので気をつけて使いましょう。「き」も「けり」も活用する言葉の連用形に接続します。

「き」が自分が直接経験したことを回想する際に使われるのに対し、「けり」は間接的に知ったことを回想する際に使われるという違いがあるといわれています。

また、「けり」には過去の意味のほかに「〜なあ」という詠嘆の意味もあります。

短歌において「けり」はこの詠嘆として使われる場合がとても多いです。

■つ・ぬ・たり・り……完了の助動詞

我が愛は人に知られな亀ねむるしき降る雨の中かへりきつ }完了の助動詞

伊藤一彦

解説

愛を人に知られてはならないと、自らを戒めた歌です。降りしきる雨の中「かへりきつ」と「つ」を使って帰宅したことを詠うのは、そこに作者の意思を感じさせるためと捉えます。

「クロッカスが咲きました」という書きだしでふいに手紙を書きたくなりぬ }完了の助動詞

俵万智

解説

春の訪れを告げる代表的な花クロッカスが咲いたことで、思わず手紙を書きたくなってしまったという気持ちを詠んでいます。「ふいに」という言葉からもわかるように、この気持ちは自分自身でも意外で、新鮮な気持ち。この気持ちを無意識的な気持ちの完了を表す「ぬ」を使って表現しています。

完了の助動詞

現代では「〜た」の形で過去と一括りに表現してしまうことが多いのですが、「〜してしまった」という完了の助動詞が文語では「つ」「ぬ」「たり」「り」と四つもあります。それぞれ少しずつ意味や用法に違いをもち、繊細な気持ちを伝えることができます。

「ぬ」にはもともと無意識的な動作や気持ちの完了を表す意味があります。これに対して「つ」は意識的な動作の完了を表します。ともに接続は活用する言葉の連用形です。

「ぬ」は打ち消しの助動詞「ず」の連体形「ぬ」と間違えやすいので気をつけましょう。完了の助動詞「ぬ」は活用する言葉の連用形

馬に成りたく成れない赤の自転車がもたれていたり石塀の下

（「たり」：存続の助動詞）

安藤美保

解説

自転車は石塀にもたれかかり、その後もずっともたれかかった状態が続いています。その勢いよく走ることのない自転車を擬人化し、馬になりたくてもなれないようだ、と作者は表現しています。

わが夏をあこがれのみが駆け去れり麦わら帽子被りて眠る

（「れり」：完了の助動詞）

寺山修司

解説

様々な期待を抱いていた夏が過ぎ去ってしまった切なさを詠っています。「去れ」は四段活用動詞「去る」の已然形。

	未然形	連用形	終止形	連体形	已然形	命令形	接続
つ	て	て	つ	つる	つれ	てよ	活用語の連用形
ぬ	な	に	ぬ	ぬる	ぬれ	ね	
たり	たら	たり	たり	たる	たれ		活用語の連用形
り	ら	り	り	る	れ		四段動詞の已然形 サ変動詞の未然形

に接続するのに対して、打ち消しの助動詞「ず」は未然形に接続します。

「夏は来ぬ」（作詞　佐佐木信綱）という唱歌は「なつはきぬ」と読みます。「きぬ」と読めば「夏は来た」という意味ですが、「こぬ」と読めば「夏は来ない」という意味になってしまいます。

「たり」「り」には完了とともにもう一つ、「〜している」という存続の意味があります。存続とは動作が完了し、その状態が今も続いていることをいいます。

「たり」はどの形に活用する言葉でも連用形にならば接続できますが、「り」は四段動詞の已然《いぜん》形とサ変動詞の未然形にしか接続できないので注意してください。

■む〈ん〉……推量の助動詞

体温計こころにあてれば平熱の低い人だとわれは言われむ　｝推量の助動詞

鈴木陽美

解説

心に体温計をあてたとしたら、平熱の低い人だと人に言われるだろう、という意味。「む」は他人の気持ちを推し量る意味で使われています。普段は冷静でめったに感情を高ぶらせることのない作者なのでしょう。それが体温計で数値化されたら、「あなた平熱低いわねえ」と軽く非難されてしまうだろうと思っています。冷静な性格を自分でも少しさみしく思っているのかもしれません。

新しきとしのひかりの檻に射し象や駱駝はなにおもふらむ　｝現在推量の助動詞

宮柊二

解説

新年の日の光が動物園にいる動物たちにも、檻をこえて降り注いでいる光景が詠まれています。その光の中、象や駱駝は一体何を考えているのだろうと思いを馳せる作者です。

むく ん〉	未然形	連用形	終止形	連体形	已然形	命令形	接続
	（ま）	○	む〈ん〉	む〈ん〉	め	○	活用語の未然形

推量の助動詞

「〜だろう」という推量の助動詞「む」もしばしば現代短歌で使われます。この「む」には推量のほかに、「〜よう」という意志を表す意味もあり、こちらの意味でもよく使われます。また「む」は声に出して読むときには「ん」と読みますが、表記にも「ん」が使われることがあります。「む」は活用語の未然形に接続します。

推量の助動詞には、「む」以外にも「今ごろは〜ているだろう」という意味の現在推量「らむ」、「〜ただろう」「〜だっただろう」という意味の過去推量「けむ」があります。「らむ」は活用語の終止形（ラ変型活用語にはその連体形）に接続し、「けむ」は活用語

■なり……断定の助動詞

さやさやと風通しよき身体なり産みたるのちのわれうすみどり
（なり＝断定の助動詞、たる＝完了の助動詞）
佐藤モニカ

解説
出産後の自身の身体を「さやさや」というさわやかなオノマトペを使い「風通しのよい身体だ」と詠っています。また、その身体を「うすみどり」と表現したのもさわやかです。「なり」は「身体」という体言（名詞）に接続しています。この「なり」や、完了の助動詞「たり」を使い、歌を引き締めています。

のど赤き玄鳥ふたつ屋梁にゐて足乳根の母は死にたまふなり
（なり＝断定の助動詞）
斎藤茂吉

解説
のどの赤い二羽の玄鳥（げんちょう、つばくらめ＝つばめ）が梁《はり》に止まっていて、その下で母は息を引き取りました。作者の悲痛な気持ちを表現する歌で、「なり」が一首に品格を与えています。

	未然形	連用形	終止形	連体形	已然形	命令形	接続
なり	なら	なり に	なり	なる	なれ	なれ	体言 活用語の連体形

の連用形に接続します。

断定の助動詞

「なり」は「〜だ」「〜である」という意味の断定の助動詞です。この助動詞は活用語の連体形以外に名詞などの体言にも接続し、現代短歌でも使用頻度の高い文語の助動詞です。「なり」は結句に使われることが多いのですが、一首の途中にも使われ、句切れを作り出します。ことさらに意味を持たない場合もありますが、音数を整えリズムを良くする効果がありま す。このように、文語の助動詞にはリズムを良くする、また歌に品格を与えるなどの利点があります。

活用や接続の仕方に注意しながら上手に使ってみましょう。

おさえておきたい文法

動詞——動きを表す言葉

ポイント

- 一首の中に三つまで
- 一首の中で時制が揃わないのはNG
- 命令形で思いの強さを表現
- 文語文法と口語文法の違いに気をつける

海を知らぬ少女の前に麦藁帽のわれは両手をひろげていたり　寺山修司

（知ら：動詞／ひろげ：動きを表す動詞／い：動詞）

解説

「ひろげる」という動詞が印象的な一首。大きく腕を広げる少年の動作が目の前に浮かぶようです。少年のこの動作は海を見たことのない少女に海の大きさを教えるためのもの。瑞々《みずみず》しい恋の歌ともいえます。

一首の中で動詞はこの「ひろげる」と「知る」「いる」の三つ。「知る」も「いる」も動きを表す動詞ではないので、「ひろげる」の動作が際立ちます。

躍動感のある生き生きとした短歌を作る

「動詞」はその名の通り動きを表す言葉です。動詞を上手く用いることで躍動感のある生き生きとした短歌を作ることができます。しかし、それには歌の中で動詞を際立たせるための工夫が必要です。

一首の中で、多くの「動詞」を使ってしまうと、焦点がぼやけてしまったり、説明的になったりします。そのため初心者は「一首の中に使う動詞は三つまで」といわれています。

和歌の時代、歌は風景や心情を

■動詞の時制

過去形　過去形

母《ママ》が抱いてほめてくれたよ井戸の桶がしっかり引けた一月の朝　佐佐木幸綱

解説

母が「ほめてくれたよ」で過去の歌だとわかります。しかも「抱いて」なのでまだごく幼い頃なのでしょう。日本人が一般的に井戸を使用していたのは昭和の前半まででしょうか、「引けた」と過去形を使い、過去に時制を合わせています。このように一首の中で時制に矛盾がないことが大切です。

■動詞の命令形

命令形

直立せよ一行の詩　陽炎に揺れつつまさに大地さわげる　佐佐木幸綱

解説

「直立せよ」という動詞の命令形が印象的な短歌。しかも命令し呼びかけている対象は一行の詩、即《すなわ》ち短歌。まるですっくと立ち上がった短歌の力で、陽炎が揺れ大地が騒ぐよう。短歌の力を信じている作者の気持ちが強く伝わってきます。

詠むものがほとんどでした。おのずと作品の中の「われ」には動きがありません。しかし、近代以降の短歌では「われ」の行動が積極的に詠まれるようになりました。そこでは動詞がますます重要になります。

動詞は、過去のことを詠むときには過去形を、現在のことを詠むときには現在形を使うことが大切です。たとえば、子ども時代の思い出を詠むなら過去形を使うのが原則で、一首の中で時制が揃わないのもＮＧです。

また動詞を使う際、「命令形」を使うことがよくあります。命令形は、作者の思いの強さが読者にストレートに伝わる表現です。

一匹のナメクジが紙の政治家を泣き顔に変えてゆくを見ており

文語の動詞

佐佐木定綱

解説

新聞か雑誌にナメクジが這《は》っていて、ちょうど政治家の顔写真の目の下にやってきました。それが涙のようなのですが、その様子を「見ている」と言わずに、「見ており」としています。素材が政治家の写真で、社会批判も感じられる歌なので、あえて「おり」として堅い感じを出したのでしょう。

文語の動詞

出づるとき雨後の日暮れのひんやりと来てをり有楽町マリオンに

田中薫

解説

有楽町マリオンというビルを出る際の、雨の上がった日暮れのひんやりとした空気感を詠んでいます。出だしの「出づる」は「出づ」の連体形。「とき」という体言にかかっています。現代語の「出る」は下一段活用で、終止形と連体形が同じ形ですが、「出づ」は口語にはない下二段活用で終止形と連体形の形が違います。「出る」ではなく「出づる」とすることで滑らかなリズムになりました。

現代的な歌にも使われる文語の動詞

動詞もしばしば文語の形が使われます。たとえば「おり」(「いる」)や「あり」(「ある」)は現代的な歌にもよく使われています。

動詞に文語を用いることにより、歌の雰囲気を変えたり、リズムを整えたりすることができます。動詞に文語を使うことは、ときに効果的ですが、文語文法と口語文法では動詞の活用に違いがあります。活用を間違わないように使わなければいけません。特に大きく違うのが変格活用や上二段活用、下二段活用です。

慣れないうちは、辞書を引いたり活用表を見たりしましょう。次にどんな言葉が来るのかをよく考

活用の種類	基本形	語幹	未然形	連用形	終止形	連体形	已然形	命令形
上二段活用	起く	お	き	き	く	くる	くれ	きよ
下二段活用	出づ	い	で	で	づ	づる	づれ	でよ
カ行変格活用	来	（く）	こ	き	く	くる	くれ	こ（こよ）
サ行変格活用	す	（す）	せ	し	す	する	すれ	せよ
ナ行変格活用	死ぬ	し	な	に	ぬ	ぬる	ぬれ	ね
ラ行変格活用	おり	お	ら	り	り	る	れ	れ

◆間違いやすい動詞の活用

・「しし」か「せし」か

サ行の動詞が過去の助動詞「き」の連体形「し」に接続する場合、「せし」なのか「しし」なのか——「き」は連用形接続のため「濡らす」など四段動詞は「濡らしし」となり、「任す」などの下二段動詞は「任せし」となります。

しかし「愛す」などサ変動詞には特殊な接続をするため、「き」の連体形「し」は未然形接続となり「愛せし」となります。このような複雑な事情から「愛しし」や「濡らせし」などの間違いが多発するようになりました。

「しし」なのか「せし」なのか間違わないために、その動詞が四段活用なのか、下二段活用なのか、サ変なのかを辞書や活用表でよく確かめるようにしましょう。

えて活用させてください。

打ち消しの助動詞「ず」や推量の助動詞「む」に続くときは未然形、過去の助動詞「き」や完了の助動詞「たり」などの助動詞や動詞などの用言に続くときは連用形、名詞（体言）に続くときは連体形に活用します。動詞「ば」や「ども」などに続くときは已然形に活用します。

愛す（サ変）← ○**愛せし**　×愛しし

濡らす（四段）← ×濡らせし　○**濡らしし**

任す（下二段）← ○**任せし**　×任しし

壊す（四段）← ×壊せし　○**壊しし**

おさえておきたい文法

形容詞・形容動詞――人やものの状態を表す

これはNG！

×美しいバラの花束差し出して……

×夕焼けのきれいな雲が流れてく……

他の言葉に置き換えられないか工夫してみましょう！

まだ暗き暁まへをあさがほはしづかに紺の泉を展《ひら》く　小島ゆかり

解説

「きれいだ」「美しい」と一言も言わず、しかし朝顔が美しく咲き展（ひら）く様子が描かれています。まるで深い青の、美しい朝顔が目に浮かぶよう。紺という色の鮮明なイメージ、また朝顔を泉に擬《なぞら》えた比喩の効果なのでしょう。色を使うことは一首のイメージを鮮明に、また豊かにするのでとても効果的。「展く」にかかる形容動詞の「しづかに」も、スローモーションのような効果を生んでいます。

ダイレクトに言わないのが短歌

形容詞や形容動詞は、人や物事の性質や状態を表す単語ですが、短歌では、たとえば形容詞の「美しい」や形容動詞の「きれいだ」という言葉を使わずに、その様子を詠みます。

短歌の面白さは、この美しいものを「美しい」と言わないところにあります。どのように美しいのかを丁寧に表現しなければ、第三者に伝わりません。たとえば「美しいバラの花」と言われても、バラにも色や形が様々あり、もっと具体的にその美しさを表現する必要があります。

「悲しい」「寂しい」といった形容詞も同様に難しい言葉です。ただ悲しい、寂しいというのは、あまりにも大ざっぱな表現。どのように悲しいのか、寂しいのかがわかるように表現することが大切です。

また、「寂しい」を「寂し」、「寒い」を「寒し」というように、形容詞も短歌の中で文語を用いて表現されることがよくあります。その際は、活用に気をつけましょう。

死に近き母に添寝《そひね》のしんしんと遠田《とほだ》のかはづ天《てん》に聞《きこ》ゆる

斎藤茂吉

解説

斎藤茂吉が母の死を詠った連作「死にたまふ母」（五十九首）には「悲しい」「寂しい」という言葉を使った歌も多くありますが、名歌とされているのは、この歌のように「悲しい」「寂しい」を使わずに表現されたもの。遠くから聞こえる「かはづ」の鳴き声に悲しみが託されて、読む者の胸にも母を亡くす悲しみがしんしんと響いてくるようです。

■文語の形容詞

文語の形容詞には「ク活用」と「シク活用」の二種類の活用があります。「寒し」のように「寒く」と活用するのがク活用、「寂し」のように「寂しく」と活用するのがシク活用です。

「寒く」を「寒しく」と活用させないように気をつけましょう。その言葉がク活用なのか、シク活用なのかを確かめて、活用を間違えないように使う必要があります。

活用の種類	基本形	語幹	未然形	連用形	終止形	連体形	已然形	命令形
ク活用	寒し	寒	（く）から	く かり	し	き かる	けれ	かれ
シク活用	寂し	寂	（しく）しから	しく しかり	し	しき しかる	しけれ	しかれ

おさえておきたい文法

助詞——言葉と言葉の関係を示す

ポイント

- 意味をよく吟味する
- 調べに気をつける
- 「て」「に」を繰り返さない
- 「の」の繰り返しでリズムを取る
- 意味上必要なものは字余りでも省略しない

次の三つの文の違いはわかりますか?

① カラスが鳴いている。　② カラスは鳴いている。

③ カラスも鳴いている。

①の「が」は、私たちにカラスが鳴いていることだけを意識させます。

②の「は」は、私たちにほかのものと区別した「カラス」を意識させます。つまりスズメやウグイスなどほかの鳥は鳴いていないけれど、カラスは鳴いているというようにです。

③の「も」になると、ほかの鳥が鳴いていて、それに加えて、カラスも鳴いている、となります。

たった一音で意味が変わる

「助詞」は言葉と言葉の関係を示したり、意味を添えたりするものです。「てにをは」とも呼ばれ、音数の限られた短歌においては重要な働きをします。一音であっても大きな働きをする助詞。だからこそ、短歌を作るうえで助詞は慎重に吟味する必要があります。

助詞は意味だけでなく、短歌の調べを整えるという大切な働きも担っています。たとえば、「君がゆく道」でも「君のゆく道」でも意味のうえではどちらでも構わな助詞には短歌の調べを整えるという働きもあります。何度も声に出してどの助詞が調べを良くするのかを確かめましょう。

特に「の」は繰り返しによってリズムを取ることができます。

くれなゐの二尺伸びたる薔薇の芽の針やはらかに春雨の降る
正岡子規

解説
この有名な正岡子規の短歌も、「の」を四回繰り返しています。「くれなゐの」「薔薇の」「芽の」の「の」は連体修飾語の「の」ですが、「春雨の」の「の」は主格の「の」で意味上では「が」でもいいのです。しかし、「の」とすることで、やわらかな調べが作られています。このように調べのうえからも助詞は吟味することが大切です。

火も人も時間を抱くとわれはおもう消ゆるまで抱く切なきものを
佐佐木幸綱

解説
通常、定型を守ることが大切とされる三句が字余りとなっています。これは作者が「われはおもう」の助詞「は」を大切にしたためです。ほかの人がどう思おうと、私は火も人も時間を抱くと思うのだ、という作者の強い思いを「は」は引き受けています。この歌の中で「は」は定型を守る以上の意味をもっているのです。

いものも、その歌の調べの中ではどちらがいいのか、を考えることが大切です。

　ただし、「て」や「に」などを一首の中で繰り返し用いると、説明的になり、いかにも幼稚な印象を与えてしまうので十分に注意しましょう。

　逆に「の」については、一首の中で繰り返し幾つも使うことによって、心地よいリズムを生むことがあります。

　また、定型に収めるために助詞を省略することもありますが、それがなくては意味が通じないものは、字余りになっても省略してはいけません。

おさえておきたい文法

名詞・副詞・感動詞——一語で印象を残す

■名詞

ポイント

- たった一言で場面や作者の職業がわかる
- 固有名詞も効果的
- 難しい専門用語も使ってみよう

わが横でメス動かせる相棒は裁縫上手な大阪女　松岡秀明

（重要な名詞：わが横でメス）

解説

この短歌は「メス」という名詞があることにより、手術の場面を描いていて、作者も相棒の女性も医師であることがわかります。たとえば、メスの代わりに「包丁」が入れば料理の場面となり、相手は恋人や妻とも読めます。下句の「裁縫上手な大阪女」というのは相棒にあたる女性のパーソナリティーであって、場面には関係ないものですが、この「裁縫上手」が手術の縫合とマッチしてこの歌を面白くしています。

一つの語句も無駄にしない

■名詞

事物の名称である「名詞」は、たった一つでも大きな意味を一首に与えます。また、人名や地名などの「固有名詞」を使うのもとても効果があります。

仕事の場面を詠むときなどは、その仕事に纏《まつ》わる名詞を積極的に使うといいでしょう。医師なら「メス」「カルテ」、教師なら「チョーク」「出席簿」などのような言葉を使うと、ぐっと現場の雰囲気を出すことができます。

癖つよきものこそよけれ独活茗荷、久女に扮してゐる樹木希林

（久女：固有名詞）（樹木希林：固有名詞）

田中薫

解説

この短歌は「久女」（俳人の杉田久女のことで、非常に個性的）と「樹木希林」という二つの固有名詞を効果的に使っています。癖があり美味しいものの例として、独活（うど）、茗荷を挙げるのは一般的。しかし、後に二つの固有名詞を使うことで個性的な歌になりました。

■副詞

副詞の中には「呼応の副詞」と言って、続く言葉と呼応して、決まった意味を表すものがあります。たとえば文語で禁止の意味を表す「な〜そ」は近代以降もしばしば用いられるものなので、覚えておきましょう。

春の鳥な鳴きそ鳴きそあかあかと外《と》の面《も》の草に日の入る夕

（な〜そ：文語で禁止の意味を表す呼応の副詞）

北原白秋

解説

「な鳴きそ」は「鳴くな」を意味し、「鳴かないでおくれ」と呼びかけています。屋外の草が夕日に染まるもの哀しい時刻に、春の鳥に鳴かれたら一層もの哀しい気持ちになるという名歌です。

「固有名詞」は、そのものズバリを表すので、一首の中にぴったりはまると効果絶大です。

少し難しい専門用語も今はインターネットなどですぐに調べられるので、読者が調べてくれます。専門用語もあまり心配せず積極的に使ってみましょう。

■副詞

動詞や形容詞、形容動詞を修飾し、動作の状態や程度などを表す「副詞」。オノマトペ（擬音語、擬態語）（→七六ページ）も副詞の一種です。オリジナリティーに富んだ副詞を使うことで、印象深い短歌になります。

「ふと見る」や「そっと置く」など、副詞を使うと短歌らしくな

■感動詞

ポイント

- 「ああ」「おお」など感動を表す言葉
- 「おい」「もしもし」など呼びかけを表す言葉
- 「はい」「いいえ」など応答を表す言葉

感動詞

ああサイゴン八百万人を宿したるひかりの海に着陸をせむ

梅原ひろみ

解説

長くサイゴンに駐在していた作者が飛行機で戻るときの短歌ですが、初句の「ああサイゴン」からは作者のサイゴンへの並々ならぬ思いが感じられます。しかし、二句以下は抑えた表現で、初句の感動詞が生きている一首です。

あの胸が岬のように遠かった。畜生！　いつまでおれの少年

永田和宏

解説

「チクショー」や「ヤッター」なども感動詞に入ります。この歌は自分の中の未熟な心に「畜生!」と叫んでいます。歌の表現としては珍しいですが、このような感動詞は作者の強い気持ちを伝えます。

るのでつい使いたくなりますが、ありがちな表現にもなるので気をつけましょう。

■感動詞

「感動詞」には「ああ」や「おお」といった文字通り感動を表すもの、「おい」や「もしもし」という呼びかけを表すもの、「はい」「いいえ」といった応答を表すものがあります。

感動を表す言葉は、やたらに使ってはいけないのですが、ここ一番の気持ちの高まりを表現するのには効果的です。

また、呼びかけや応答は会話体の歌に取り入れるといいでしょう。

文語でよく使われる感動詞は「あはれ」「あな」です。

作品から学ぶ

職業

日常生活の中で大きなウエイトを占めている「職業（労働）」。ここでは、例歌を通して、現代短歌において「職業（労働）」がどのように詠まれているか見ていきましょう。

十年後存在しないかもしれない本と言葉と職種と我と

佐佐木定綱

書店に勤務する作者の作品。十年後には現在ある多くの職業が消滅するといわれています。そんな、不確かな時代を生きる自身の「職種」を詠むことを通して「言葉」や「我」への思索を深めた点がこの作品の特徴となっています。このように自身の職業から社会問題へと主題の広がりを生み出すことも短歌では可能です。

作品から学ぶ

籠るよりほかなきひとりの事務室に書類の届く足音を待つ　倉石理恵

ある「書類」が到着しなければ進捗しない仕事を抱えた時の心情を詠んでいます。この作品でも心情を表す直接的な言葉は用いられていません。「ひとりの事務室」「足音を待つ」といった具体的な描写によって焦燥感を表しています。

死という語がいともたやすく使われて生保会社の研修終わる　久松洋一

生命保険会社の新入社員研修の場面を詠んだ一首。「死」という言葉をあっさりと使うことへの抵抗感が強く感じられます。「死」と「研修」というギャップを生かした点が作品の力となっています。

一日を共に働きし馬の背に流れし汗の塩かたまれる　石川不二子

牧場での肉体労働を詠んだ作品。「共に働きし」という一語に「馬」への慈しみの心が込められています。この作品も直接的に心情を表す言葉は使われていません。また、「汗の塩かたまれる」という細部の描写をしっかりとしています。

「はえぬき」と「あきたこまち」の味の差の言ひ難かれど米屋ゆゑ言ふ　馬場昭徳

米穀店を営む作者の一首。客からの質問に対し、その違いを無理に説明した後の複雑な心情を詠んだ作品。「はえぬき」「あきたこまち」という固有名詞が作品にリアリティーを与えています。

「わたくしが生きてるかぎり先生はお元気でゐて診てくださいね」　長嶺元久

医師として地域診療に携わっている作者の一首。医師と患者という関係ではなく、あくまで人と人の関係性を詠んでいる点が特徴です。また、会話体を取り入れることによって臨場感も増した作品となっています。

運転室の窓に当たりて融けてゆく鳥ありハンドル握る手さむし　西田郁人

初代新幹線の運転士として勤務した作者の一首。それまで誰も経験していなかった仕事の世界を写実的に表現しています。「融けてゆく鳥」という表現が作品のリアリティーを高めています。

作品から学ぶ

五感

視覚・聴覚・嗅覚・触覚・味覚の五感を使った歌も数多くあります。具体的に感覚を表現することでリアリティーが感じられます。

蜜吸ひては花のうへにて踏み替ふる蝶の脚ほそしわがまなかひに　横山未来子

「近景」を虫メガネで観察するように詠まれた作品。「蝶」が「蜜」を吸う場面を「脚」の細さにまで注目して表現しています。さらに、この一首を躍動感あるものにしているのは「花のうへにて踏み替ふる」という細かな観察です。

もりあがる竹の林に声つよく鳴くほととぎす人もつらいぞ　竹山広

この作品では結句の「人もつらいぞ」で鳥の声と人間の想いを呼応させている点に特徴があります。また、「ほととぎす」は血を吐くような声で鳴くという説話も踏まえており、重層的な意味を持つ作品です。

咲きのこるうすべにざくら白ざくらポポとかなしき筒鳥のこゑ　石川不二子

「桜」を詠んだ短歌は古来無数にあります。この一首は満開の桜ではなく、咲き残る「桜」の「色」と「筒鳥のこゑ」という「音」を詠んだ点に特徴があります。

研ぎゆけば出刃の内なる鋼より嗚呼兵たりし父の匂いす　加賀谷実

「出刃」包丁を研ぐ時に生じる匂いから「兵たりし父」を思い出したという場面が詠まれています。「出刃」を研ぎ、その匂いから何を思い出すのかがこの一首のポイント。匂いから呼び覚まされる記憶の意外性が効果的です。

生誕の匂いあふるる花栗の道抜けて縄文のおんなとなりぬ　青木信

嗅覚は原初の感覚を呼び覚ます感覚なのかもしれません。掲出歌は「花栗」の匂いを嗅ぎながら、縄文時代の人々も同じ感覚を味わったのだろうという発想から生まれた作品。匂いを説明するのではなく、そこから飛躍する個性が光っています。

作品から学ぶ

触れくれし君の優しい指先は残れり我の輪郭として

佐佐木頼綱

自分の身体に触れた相手の指先の感触を詠んだ一首。この作品ではその時の感触を生々しく表現するのではなく、「我の輪郭」と詠んだ点に工夫があります。「君」への深い想いが溢れています。

人と人和してゐるころ木のにほひ火のにほひする飯食みてゐき

伊藤一彦

掲出歌は様々な場面を想像することができますが、囲炉裏を囲んで皆で食事をしている状況を想像しました。この作品では「木のにほひ火のにほひ」という原初の人間の生活を想起させるダイナミックな捉え方が一首の魅力となっています。

第五章

短歌の世界をもっと広げる

短歌を発表する

「歌会」に参加してみよう!

◆歌会で発表するメリット

1 自分の短歌の意味がきちんと伝わるか確かめることができる

作品を第三者に読んでもらって伝えたいことがきちんと伝わっているか、確かめられます。

2 大勢の人の意見が聞ける

気軽に「私の短歌を読んでください」と言える相手は、そう多くないでしょう。また、一人の人に読んでもらうだけでは、その人の好みに左右されてしまう危険性もあります。歌会に行けば多くの人と語り合え意見が聞けます。

3 短歌の仲間ができる

気軽に短歌のことを話せる仲間ができます。

4 刺激や励みになる

短歌のことを話し合える仲間ができると刺激になります。ライバルのような仲間ができれば「次はもっと良い歌を歌会に出そう」と励みになります。

読み、読まれて短歌作りが楽しくなる

短歌を作る仲間が数人から数十人集まって短歌を披露し合う場が「歌会」です。

短歌は三十一音しかない短い詩です。説明すべきことや言いたいことのすべては言えません。そのために説明や言いたいことの一部を省略します。つまり説明不足のままで読者に読んでもらうことになります。

読者は説明不足の部分や、省略されている作者が言いたかったことを、想像力で補いながら短歌を

一般的な歌会での流れ

1	詠草係に歌を送る	郵送またはメールで詠草係に歌を送る。
2	詠草係が集まった歌をまとめる	作者名を入れずに歌の頭に番号を入れて列記し、それをプリントアウトして参加者全員に送る。
3	詠草集が届く	作品をよく読んで、あらかじめ決められた数だけ選歌する。なぜその歌を選んだかを言えるようにしておく。
4	歌会の会場に行く	受付で担当者に自分の選んだ歌を指定の紙に書いて渡し、席に着く。
5	司会者が歌会を進行する	その進行方法は歌会によって異なるが、一般的には一番多くの人が選んだ歌(もしくはその逆)から発表していき、選んだ人のコメントをすべて聞く。最後に作者の名前を発表する。

読みます。省略がうまくいっていれば、読者もうまく省略を補ってくれます。短歌を作るとはいかに省略するか、短歌を読むとはいかに省略を補うか、省略をめぐる駆け引きが行われていると言っても過言ではありません。

読者は家族でもいいし、友だちでもいいのですが、読者にも省略を補う想像力が必要ですから、できれば短歌を知っている人に読んでもらったほうがいいでしょう。そこで短歌を読み合う場である「歌会」に参加してみることをおすすめします。

自分の短歌が「どのように読まれるか」、また他人の短歌を「どのように読むか」を歌会に参加して学びます。

◆歌会での発言ルール

歌会で発言の機会が巡ってきたら、次のような点に注意しましょう。

●短歌のことだけを話しましょう

歌会は作品を批評する場です。プライベートなことを話すのは避けましょう。

●解釈しましょう

まずは取り上げられた短歌の意味を文字に沿って読み解きましょう。文字に書かれていることだけを拾い、ここでは推理・推測はひとまずおきます。

●補いましょう

短歌に書かれていないことを推理・推測しながら批評を肉付けしていきます。作品の魅力を引き出しましょう。

●良い点を探します

作品の良い点はどこかを明らかにします。「場面の切り取り方がいい」「言葉の使い方が新鮮だ」「リズムが滑らか」「比喩が的確」「オノマトペが楽しい」など。

●問題点を指摘します

最後に問題点を指摘します。「視点を変えてみては?」「表現に既視感がある」「文法が間違っているのでは」など、作品を尊重し、攻撃的にならないように注意しながら批評してください。

歌会は「批評し合う場であり、批判する場ではない」ことを心に留め置き、守りましょう。作品を大切に扱うことが第一です。たとえ厳しい意見であっても全面的に

否定するのではなく、まずはその作品の良い部分を探そうという姿勢でいてください。

また、意見は最小限にまとめます。事前に発表される作品がわかっているときは、自分の意見を書くなど準備しておくといいでしょう。一人であまり長く喋《しゃべ》らないように時間も考慮してください。

初めのうちは緊張し、失敗することもありますが、だんだん歌会が楽しくなってきます。こういう歌もあるのか、こういう読み方があるのかと、人の意見を聞いて参考にし、大いに刺激を受けてください。

歌会は未来の一首のためにあるのです。

◆歌会で人に読んでもらうことの大切さ

三度目の夫の入院「サボテンに水やりすぎるな」と夫繰り返す

歌会でこのような作品が出され、参加者がそれぞれの意見を出し合い、活発な議論がなされました。

中でも一番盛り上がったのが、

「三度目という単語は、夫に掛かって、『三度目の夫』という意味なのでしょうか？　それとも、夫の入院が三度目という意味なのでしょうか？」

という意見。参加者全員が苦笑いしながら頭を抱えてしまいました。確かに「三度目の夫」とも読めます。

作者のAさんに聞いたところでは「三度目の入院」という意味で使われたそうです。

「驚きました。私は何の疑いもなく、三度目の入院と読んでもらえると思っていました。日本語って本当にあいまいなんですね。歌会で人に読んでもらうことの大切さを知りました」

短歌は短い詩型ですから、どうしても説明不足になります。自分では伝わると思っていても、相手に伝わらないこともあるのです。それは自分ではなかなかわかりません。人に読んでもらわなくてはわからないことなのです。

歌会での批評を受けて、Aさんは次のように推敲したそうです。

サボテンの水のやり方繰り返し夫は三度目の入院をする

短歌を発表する

「題詠」「吟行」も短歌発表の形

◆「題詠」には二つのルールが

歌会やコンクールで短歌作品を募集する場合には、題詠が行われています。たとえば、「夢」という題が出されたとします。その場合、通常、次のような指定があります。

題「夢」（必ず「夢」の文字を使うこと）

「文字を使うこと」と指定されている場合にその文字を使わないと、どれほど良い短歌でも失格になってしまいます。

題「夢」（イメージ可）

「イメージ可」の場合は「夢」という文字を使わずとも良く、夢を連想できる歌であれば大丈夫です。

中夢 幻夢 想夢 魔夢 悪夢 怪夢 吉夢 夢想曲 夢の夢 白昼夢 など	夢	自分の将来の夢とわかるもの 寝ている間に見た夢とわかるもの 未来を夢として語るもの はかないことやまぼろしなど

いつもと違うことが新たな作品作りに

題を設けて短歌を詠むことを「題詠」と言います。たとえば「春」という題であれば、春という言葉を使って詠むか、または春をイメージさせる言葉（桜など）を使って短歌を作ります。題詠は日頃自分では短歌にしないようなテーマを詠むきっかけを作ってくれます。

たとえば「宇宙」や「ラグビー」など、普段はあまり興味のない題であっても、短歌を作るためにそれについて深く考えたり、注意深く見たりするようになります。

また「吟行《ぎんこう》」は、どこかに出かけて行き、そこで短歌を詠むことです。

　いつも同じ空間で短歌を作っていると、行き詰まったり、作品がワンパターンになったりすることがあります。そのようなときは、一人で、または短歌の仲間とともに外に出てみましょう。

◆「吟行」に参加するのも楽しい

一人または数人と一緒にどこかに出かけ、短歌を作ることを「吟行」と言います。

また数人で行うことを「吟行会」と言うこともあります。

たとえば上野動物園や日比谷公園、横浜中華街など、短歌の素材がたくさんありそうな場所が吟行の舞台になります。仲間とともにメモを取りながらぞろぞろ歩く場合もありますが、その範囲内でめいめいが自分のペースで好きな場所を歩くこともあります。

通常、二時間、三時間といった制限時間があり、その時間内に短歌を作ります。

こうした詠み方は、「即詠」と呼ばれています。仲間が一緒の場合は、時間がきたらみんなで集まって歌会を開き、歌を批評し合います。

短歌の世界

ネットで楽しむ短歌

　インターネットを使って短歌を楽しむ人が増えています。

　詠んだ作品をブログやホームページで一方的に発信するだけのものから、ネット上で数人が参加する歌会形式のものまで形態は様々です。

　気軽に短歌を楽しむことができますが、指導者がいない、的確な批評が得られないなど難点もあります。とくに誹謗中傷《ひぼうちゅうしょう》には注意が必要です。

短歌の結社に入る

創作を第一とする実践の場「結社」に入ろう

結社で経験を積み
さらにレベルアップ！

より本格的に短歌に取り組もうと思っている方、短歌を長く続けていきたい方、仲間が欲しい方は、短歌の結社に入ることをおすすめします。

短歌の結社には、特定の地域で活動しているものや全国的に展開しているものがあり、その両方に加わって勉強している人もいます。

結社は創作を旨とし、誰もが平等で、民主的というのが特徴の一つです。結社に納めた会費は会員たちの作品を発表する「結社誌」

Q **「結社」ってどんなところ？**

A 短歌の愛好者たちが集い、会費を出しあって「結社誌」を発行する場です。

Q **「結社誌」ってどんなもの？**

A 同人誌と性格は似ていて、同人誌より規模が大きいものです。月刊であることが多く、隔月刊や季刊もあります。

Q **誰でも入れるの？　どんな人がいるの？**

A 誰もが入会できます。有名歌人の多くが結社に属して歌壇で活躍し、なおかつ結社誌に作品を発表し続けています。彼らの作品も一般の会員と同じ誌上に並ぶのです。

Q **結社誌発行以外に、なにをしているの？**

A 歌会を開いて、短歌に関する実践的な批評・討論の場を提供しています。また結社にもよりますが、添削を受けることもできます。

の発行費用に充てられ、現代の有名歌人のほとんどが結社に属して創作活動をしています。

◆結社選びのポイント

1. ホームページ、短歌の総合誌から情報を得る

結社の数は多いので、見学するにもどこにしたらいいのか迷います。ホームページが充実しているので、「短歌結社」で検索してみるといいでしょう。結社の沿革、現在の主宰者や所属する歌人の紹介はもちろん、歌会や会費などの情報を得ることができます。一部分ですが結社誌に掲載された記事が読めるホームページもあります。

また、短歌の総合誌には、結社情報がコンパクトにまとまって載っているページがあるので比較するには便利です。

2. 見本誌を取り寄せる

興味が湧いた結社の見本誌はぜひ取り寄せて読んでみましょう。歌会を見学し、雰囲気をつかむのもおすすめです。

3. 入会を申し込む

入会したい結社が決まったら、結社誌の購読を申し込みます。これで結社に入会したことになります。結社によっては入会順に作品の載る場所が決まっていたり、特典があったりするところもあります。いくつもの結社に入会、退会を繰り返していると作品のレベルも向上しないので、最初が肝心。じっくりと自分に合った結社を選択しましょう。

短歌の世界

「結社誌」の役割

短歌は長く続ける創作であるという意識がなにより大事です。紙と鉛筆、今ではスマホがあればどこでもメモができ、推敲ができます。でき上がった一首には作者の貴重な時間が詰まっています。人生のある時間がそこに刻まれています。

結社誌はその時間を活字にして残してくれる場でもあります。百年後に、結社が存在していないとしても、結社誌そのものは残ります。そこに載っているあなたの作品を読む人はいるはずです。

講座で知識を増やし技術を学ぶ

短歌を学ぶ

1
サークルに入る
近くのグループに所属して学ぶ

2
カルチャーセンター
公開講座に通う
教養講座などで
大勢の人と一緒に学ぶ

3
通信講座を受ける
自宅にいながら教材で学ぶ

一歩踏み出せば もっと楽しくなり、上達もする

短歌は、日本各地のサークルやカルチャーセンター、通信講座などを利用して学ぶことができます。

講座の内容は、講義形式で短歌の歴史を学ぶ、先人の名歌を鑑賞する、実際に自分で短歌を作る、歌会形式、添削など様々です。

曜日や時間の都合はいいか、自宅や職場などから通いやすい場所にあるか、費用や講座の内容は自分が希望するものかなど、それぞれのメリット、デメリットを考慮し、そこから自分に合ったものを

1 サークルに入る

地域によっては公民館などで短歌のサークル活動が行われていることがあります。短歌が好きな人が集まって自主的に活動しています。自治体が発行している広報紙や「公民館だより」などに情報が記載されています。

【内容】内容は様々。
会場の予約を取る係や詠草をまとめる係などを順番で担当することも。

【回数・費用】
月一回で一千〜二千円が相場。

2　カルチャーセンター、公開講座に通う

カルチャーセンターによっては、短歌の講座があります。また、大学の一般向け公開講座などもあります。自分のレベルに合わせてコースを選ぶことも可能で、受講すると、直接先生の指導を受けられ、仲間を作ることもできます。

【内容】講師が一方的に話をする講座、受講者が参加して歌会形式で進む講座など内容は様々。前半は受講生の作品の講評、後半は秀歌を鑑賞する二本立てになっていることが多い。

【回数・費用】

月に一回か二回、一回につき二時間が一般的。受講料は一回あたり三千円程度。

〈例〉二〇二〇年三月時点の情報です。

・**朝日カルチャー**　札幌から福岡まで全国に十四の教室があります。

一例：新宿教室　講師・奥田亡羊「心を動かす短歌入門　うたう・よむ」毎月第四火曜日

・**NHK文化センター**　札幌から大分まで全国に三十九の教室があります。

一例：青山教室　講師・谷岡亜紀「短歌基礎レッスン」毎月第二水曜日

・**NHK学園オープンスクール**　東京と千葉に四つの教室があります。

一例：くにたちスクール　講師・藤島秀憲「火曜の短歌　鑑賞と実作で思いを言葉に」毎月第二・第四火曜日

選びましょう。一歩踏み出すことで、短歌を作ることがもっと楽しくなり、上達もします。

3

通信講座を受ける

カルチャーセンターや講座などに通うことが困難な方は、「通信講座」を受講されるといいでしょう。

たとえば「NHK学園」では五千人以上が学んでいます。年齢は幅広く、二十代から百歳を超えた方までが受講しています。

ほかにも朝日カルチャーやユーキャンなどが通信講座を行っていて、テキストでの学びと添削による個別指導が受けられます。

＊添削は通信講座以外でも受けることができます（→一五四ページ）。

【内容】受講生は通信講座から送られてきたテキストを読み、毎月三首から五首をレポートで提出。作品が添削されて戻ってくる。

【費用】月々三千円程度。

〈例〉二〇二〇年三月時点の情報です。

NHK学園の通信講座

・「はじめての短歌」「入門」「実作」「実作集中添削」「友の会」「文法のツボ」「表現のコツ」の七つのコースがあり、レベルや目的に合わせて学べます。

・テキストを読み、短歌を作り、添削を受けます。それを繰り返すことで、確実に実力をつけることができます。

・「入門」は月に三首、「実作」は月に五首の添削を受けることができます。

・全国に百二十人いる添削講師が添削したものをもう一度専任講師が点検。二人の目が通ることになるので、正確で丁寧な添削指導を受けることができます。

スランプ脱出法

短歌を作っていると必ずスランプ状態に陥ります。いくら考えてもできない……スランプは短歌を作っている人ならば、みな一度や二度は経験しています。

でもスランプこそ飛躍のチャンス。作れないなら、ほかの人の歌をたくさん読みましょう。

ただし、いつまでも作らずにいると作らなくなってしまいます。そんなときに「締め切り」があると助かります。結社誌への投稿の締め切りやカルチャーセンターや通信講座の提出期限があれば「作らなくては」という気になります。締め切りが歌を作らせてくれるのです。これは結社などに入るメリットの一つかもしれません。

短歌こぼれ話

海外を詠うということ

明治という新しい時代を迎えて、近代短歌が詠まれるようになると、歌に盛り込まれる対象も格段に増えました。自我を詠ったり、海外事情を詠うなどはその一例です。

海外への留学生や民権運動家など、国外での生活を経験した人たちは多く、彼らも短歌を作ったでしょう。福本日南という人は明治二十二（一八八九）年フィリピンを訪れたときの感慨を歌にしています。

与謝野鉄幹は一時期朝鮮に滞在していました。そのときの短歌は歌集『東西南北』（明治二十九年）に収められています。

旅行記は多く出版されていますから、海外のようすを知りたいと思う人は多かったことでしょう。軍人や商人で海外に出た人たちの中に、日本と異なる文化・風土に接して何らかの感慨を抱いて、短歌を詠んだ人は少なからずいたはずですが、いざ探してみると作品はなかなか見つかりません。

明治三十六年に当時の清《しん》国を旅行することになった佐佐木信綱に対して、西洋史学者の長寿吉《ちょうひさよし》は「歌人の渡航は稀なのでそこで見聞したことを新しい詩（短歌のこと）にして示してほしい」とはなむけの言葉を贈っています。どうもこの頃まで、実業家や政治家ではなく、短歌作者が見聞を広めるために渡航するなどという機会はあまり無かったようなのです。たしかにそれは贅沢な企画だったでしょう。

信綱はそうした期待に応えるべく、旅先で作った作品を雑誌「太陽」や「心の花」に寄稿しています。このときに作った歌は百首くらいあります。それを基に、帰国してから作った作品をいくらか足せば一冊の歌集になったと思うのですが、信綱はそうはしませんでした。海外詠だけで歌集になるとは考えつかなかったのでしょうか。

これまでに調べたところ、海外に住み、その日常生活から詠んだ短歌をまとめた歌集の嚆矢《こうし》は、白岩艶子（一八八〇―一九五九、彼女の夫白岩龍平が信綱を上海に招きました）の『采風《さいふう》』だと思われます。明治四十三年のことです。

この頃になると、物珍しさに満ちた旅行記ばかりではなく、海外に拠点を置き、その地に入り込んだ生活者の視点を知りたいという欲求が人々の心に湧いてきたのではないでしょうか。短歌にもそうした内容の深まりが求められたことでしょう。白岩艶子は日中の関係が悪化して帰国するのですが、それまでは、船会社を経営する夫と共に上海に住んでいました。

星うつり世はかはれどもとこしへに流れはてなき長江の水

幼子に案内《あない》せさせて木蓮の一枝こひぬ畑中の家

もの思ひおもひつかれてねし夜半の夢路につづく故郷の道

これらの歌には、ことさら海外生活の特殊性が強調されているわけではありません。そんな気負いのないところが好ましい歌文集です。

短歌について勉強する

「添削」は短歌上達の近道

◆「添削」の実例を見てみよう

1

添削前　**イブの夜音楽流れし名店に趣味は何かと君は尋ねり**

⬅

添削後　**イブの夜のジャズの流れるレストラン趣味は何かと君に訊かれる**

【講評】

イブの夜の素敵な場面が詠われています。

★「イブの夜」と初句でぷつんと切れてしまうと流れが悪いので、「の」を補います。原作は「よる」と読んでいましたが、添削後は「よ」と読みます。読者が五音になるように「いぶのよの」と読んでくれるので、ルビはなくても大丈夫。

★「音楽」を具体的に言うと、その場の雰囲気が表現できます。例として「ジャズ」を入れました。二句の字余りが直りました。

★「名店」もレストランか日本料理店か居酒屋かによってかなり雰囲気が違ってきま

指導者の導きで作品の完成度が高まる

「推敲」が自分で自分の作品を直すのに対して、「添削」とは他者に作品を直してもらうことをいいます。

作品を指導者に添削してもらうと、文法や用法の間違いがわかり、自分では気づかなかった言葉の使い方の悪い癖を直してもらうこともできます。添削は、単に作品の完成度が高まるだけでなく、これからの作歌の参考にもなります。

自分のペースで取り組める通信添削のほか、カルチャースクールす。ここも具体的に入れてみましょう。

★「流れし」の「し」は過去の助動詞「き」の連体形ですから、昔流れていたという意味になってしまいます。ここでは現在形「流れる」にしたほうがいいでしょう。

★結句の「り」ですが、完了の助動詞「り」は四段活用動詞の已然形か、サ変活用動詞の未然形のみに接続します。「尋ぬ」は下二段活用なので「り」には接続しません。また、「君が尋ねた」よりも、「君に尋ねられた」としたほうが、作者のときめきが出ます。七音に収まるように「君に訊かれる」にしました。

2

添削前　**可愛いなねねねねねねと甘えてるその口紅がよく似合ってる**

↓

添削後　**ねねねねと甘える君によく似合うさくら色したその口紅が**

【講評】

口紅に焦点を絞り、「ね」を多用したことにより印象的な歌になりました。

★「可愛いな」と作者が言わなくても、他の言葉から可愛さは読者に伝わります。

★誰が可愛いのでしょう？　恋人と想像はつきますが「君」を入れておきたいです。

★「ねねねねねと」が冗長な感じです。初句に置いて「ねねねねと」と短くしました。

★口紅の色を具体的に言ってみました。色を入れることで鮮やかになり、印象深い歌になります。一例ですが「さくら色」としてみました。

でも添削を受けることができます。また、添削システムをもつ短歌結社もあるので、入会する前に確認してみるといいでしょう。

たとえば、結社「心の花」では伊藤一彦・斎藤佐知子・晋樹隆彦・谷岡亜紀など八人が添削を担当。一か月に一回で、一回に八首まで送ることができ、費用は三千円です。通常は入会から一、二年で添削を卒業します。

投稿や大会に挑戦

勇気を出して応募してみよう!

◆新聞・雑誌・テレビ番組、大会などに投稿をする

新聞の短歌欄、短歌雑誌、テレビやラジオの短歌番組では、読者や視聴者の作品を募集しています。これに応募することを「投稿」といい、無料で投稿できます。応募作から「選者」と呼ばれる人が入選作を選び、選ばれた作品は名前とともに新聞などに掲載されます。短歌大会、コンクールに応募してみるのもいいでしょう。

★NHK全国短歌大会

開催時期：毎年一月
選　　者：永田和宏、小島ゆかり、穂村弘、俵万智など
応 募 料：有料
受 賞 者：特選受賞者はNHKホールで表彰。大会の様子はNHKで放送される

★佐佐木信綱祭短歌大会

開催時期：毎年六月　開催地：佐佐木信綱が晩年を過ごした地・熱海市
後　　援：熱海市と市の教育委員会、凌寒会　選者：佐佐木幸綱、谷岡亜紀など
応 募 料：一般の部・有料／中学、高校の部・無料
受 賞 者：大会当日に会場で選者より表彰状と賞品授与

チャレンジが短歌を上達させる

歌人の仲間入りをされた皆さんが今後も短歌を作り続けるためにはどのようにしたらいいのか考えてみましょう。

まずは百首作ってみてください。短歌は特殊な形をした詩ですから、百首作ってみて、やっと自分が表現したいことが言葉にできるようになります。そして、「もっと上手くなりたい」と思ったら、作品を新聞や大会に投稿してみましょう。目標ができると、短歌はめきめき上達します。

★短歌を発表できる場

応募先	応募数	選者
★新聞		
朝日新聞	はがき一枚に一首	馬場あき子　佐佐木幸綱　高野公彦　永田和宏
毎日新聞	はがき一枚に二首	篠弘　伊藤一彦　米川千嘉子　加藤治郎
読売新聞	はがき一枚に一首	小池光　栗木京子　俵万智　黒瀬珂瀾
東京新聞	はがき一枚に三首	佐佐木幸綱　東直子
日本経済新聞	はがき一枚に三首	三枝昂之　穂村弘
産経新聞	はがき一枚に一首	伊藤一彦　小島ゆかり
★テレビ		
ＮＨＫ短歌	はがき一枚に一首	（令和二年度）松村正直　小島なお　寺井龍哉　栗木京子
★ラジオ		
文芸選評・短歌	はがき一枚に三首	篠弘　梅内美華子ほか

＊ネットで投稿できるものもあります。宛先などについてはホームページや新聞等で確認してください。

＊この項は二〇二〇年三月時点の情報です。

いつかは出したい夢の「歌集」

◆歌集を出版するまでの流れ

掲載する短歌を選ぶ（選歌）
▼
並べ方を考える（構成・原稿作成）
▼
指導者や短歌の仲間に原稿を見てもらう
▼
出版社を選ぶ
▼
指導者や短歌の仲間に解説などの執筆を依頼する
▼
装丁を考える（出版社に相談する）
▼
校　正
▼
完　成

自分の作った短歌を一冊にまとめる

短歌を集めた本を「歌集」と言います。現在では、個人単位で作るものと、数人が集まって作るものに分かれます。前者は単に「歌集」と言い、後者は「合同歌集」と呼び、両者を分けています。

著名な歌人以外、ほとんどの歌集は自費で出版されます。目安として、だいたい短歌を始めて十年くらい経って、最初の歌集（第一歌集）を出す人が多いようです。個人の歌集には、平均して三百五十首ほどの短歌が収められていま

短歌の世界

読み手にとっての歌集

昼間からからだを横に倒すなとみづからにいへど倒れてしまふ

小池光『思川の岸辺』

作者がこの歌を詠んだのは六十代の半ば。高校教師を定年退職したあとのことです。実はこの歌が詠まれる直前に奥様を亡くされています。ショックから立ち直れないでいるから、なにをする気力もなく横になってしまうのではないかと読むこともできそうです。

このように作者がその歌を詠んだときの背景を知っていると、歌を別の角度から読むことができます。作者の個人的なことを知らなくても「歌集」や「連作」を読むと察しをつけることができます。

この歌集には次のような歌も収録されています。

うはごとに「パパかはいさう」と言ひたると看護婦さんに後に聞きたり

作者を知らなければ短歌が読めないということではありませんが、知ることでもう一歩踏み込んだ読みができるようになるのです。

す。

パソコンを使って自分で歌集を編集する人もいますが、多くは出版社から自費出版します。費用は本のサイズやページ数、発行部数にもよりますが、二百ページ、三百部で百万円前後。出版社に原稿を入れてから歌集になるまでは、およそ三か月です。でき上がった歌集は主に知り合いや短歌の仲間に贈呈します。

短歌を通じて知り合いができると歌集をもらう機会が増えてきます。そのときには感想の手紙やハガキを書くと良いでしょう。一冊を読んで感じたことのほかに、気に入った歌を二、三首書き写すと喜ばれます。感想を書くことは歌を読む勉強にもなります。

作品から学ぶ

スポーツ

「スポーツ」は競技をする側の立場で詠むか、観戦する側の立場で詠むかによって作風が異なります。作歌時のポイントはその種目を通して何を表現するかということです。

昨夜《きぞ》の酒残れる身体《からだ》責めながらまるで人生のごときジョギング　佐佐木幸綱

人生をマラソンに喩える比喩はよく使われていますが、「ジョギング」を「人生」に喩えた点がこの一首の特徴です。ありきたりな比喩を避けることによって、表現の世界は大きく広がります。

空地にて父と交わししキャッチボール何故か心に浮かび来る朝　黒岩剛仁

「スポーツ」を通して人間関係のドラマを詠むことも一つの方法といえます。「キャッチボール」という具体的な思い出が、父と息子の情景を表現する素材となっています。

挑むといふ行為の光　ファイティングポーズの腕に汗は滴る

佐佐木頼綱

キックボクサーとしてリングに立つ一瞬の緊張感を詠んだ一首。「挑むといふ行為の光」という抽象的な表現と「ファイティングポーズの腕に汗は滴る」という具体的な表現をマッチさせて臨場感溢れる作品となっています。

初戀のめでたさに似てうつくしうそとひびきたる球の音はも

朝吹磯子

大正十三年の「心の花」に掲載されているテニスを詠んだ一首。第一回全日本女子庭球選手権に出場した作者は日本で初めてテニスプレーヤーの気持ちを詠んだ歌人といえ、スポーツの喜びを詠んだ記念碑的な作品ともいえます。

上空から見るとき大地の傷として道あり道を遠く行く人

谷岡亜紀

パラグライダーの体験を詠んだ作品。上空から地上を見るという大きな視点を通して、独自の世界を表現しています。「大地の傷」という比喩もこの作品の詩性を高めています。

作品から学ぶ

音楽・絵画

「音楽」も聴く側として詠むか演奏する側として詠むかによって作風は変化します。また、「絵画」を詠んだ近現代短歌も少なくありません。いずれもその作品の中の世界を再現するのではなく、それらを素材として何をどのように詠むかがポイントです。

雨の日曜されればわれまたラフマニノフの濃藍の律に水びたしなる　築地正子

この作品のポイントは「濃藍の律に水びたしなる」という比喩表現です。どんなに「この曲がいい」と述べても、それだけでは短歌になりません。この短歌では楽曲の魅力を比喩で見事に表現しています。

ボブ・マーリィ店に流れて日が落ちて次の戦争までの年月　谷岡亜紀

ボブ・マーリィはレゲエミュージシャン。楽曲が流れ始めた時に感じたのは「次の戦争までの年月」。一見、楽曲とは何の関わりもないようですが、日常生活の背後で近づく「戦争」への危機感が詠まれています。ここで注目すべき点は対比の構造です。音楽が流れる「平和」、いつかやってくる「戦争」。二つの対比が緊張感をもたらしています。

絵の中に踊る男は左足あげつつ四百年またたくまなり　佐佐木幸綱

一枚の「絵」の中の「男」に焦点をあてた作品。この短歌の特徴は固有名詞を詠み込まずに、「男」の左足にスポットライトをあてた点にあります。四百年前に描かれてからずっと「左足」をあげている「男」が滑稽であり、哀愁も感じさせます。

モジリアニの絵の中の女が語りかく秋について愛についてアンニュイについて　築地正子

「絵画」を詠んだ現代短歌の名歌の一つです。「モジリアニの絵の中の女」を詠むことを通して、「秋」「愛」「アンニュイ」について思索を深めています。このように一つの素材から発想を飛躍させていくことによって詩の力を高めていきます。

作品から学ぶ

会話・引用

「会話」を詠み込む手法には様々なスタイルがあります。直接、会話文を詠み込む方法、読者に直接語りかける方法等多種多様です。大切なのはその方法を通して、何を表現したいかです。カギカッコを使って「引用」するのも短歌の一つの表現技法です。書物や日常生活の中で気になったフレーズ等を引用することによって表現を広げることが可能です。

母さんは幸せだったかとわれに問う父にほんとうのことは言えない

藤島秀憲

長い介護生活の一場面を詠んだ一首。父の問いかけに作者は「幸せだったよ」と答えることができなかったのでしょう。ここでは「ほんとうのことは言えない」と結論を述べずに、読者の想像にその解答を委ねている点が特徴です。すべてを表現しきらないことは短歌という短い表現型式において大切なことです。

「君たち」の中に私も含まれて妻の説教まだ終わらない

武富純一

この作品は妻が家族（夫・子どもたち）に何かを注意している場面を詠んでいます。ここでは「君たち」という妻の発言のみに焦点があてられており、それ以上は説明されていません。しかし、そこに読者の想像の余地が生まれます。すべてを言わないという一つの例としてわかりやすいかもしれません。

「ペットより自分が先に逝ったなら」記入スペース一ページあり　鈴木陽美

エンディングノートを書いていた時の感慨を詠んだ一首。エンディングノートの一節を「引用」して詠んでいます。ペットよりも飼い主の方が先に死んだらどうなるのかと考えつつ、自身の「死」を考えている点がこの歌の眼目です。ちょっとした発見を通して深いことを表現できるのも短歌の特長の一つです。

「シャンデリア　まだ使えます」張り紙をされて夜道に眠る段ボール　佐佐木定綱

ゴミ捨て場で目にした張り紙の「シャンデリア　まだ使えます」という言葉のインパクトを活かした作品。現代社会の一つの側面である「ゴミ」に焦点をあてた点に特徴があります。カギカッコも効果的に用いられています。

作品から学ぶ

呼びかけ・メッセージ

文末表現を工夫する「呼びかけ」の表現スタイルもよく使われる短歌の技法の一つです。また作者の「メッセージ」を短歌の中に詠み込む方法もあります。社会的なメッセージ、誰かへのメッセージ等、様々な相手へのメッセージを短歌で表現してみませんか。

いつ来てもライオンバスに乗りたがるライオンバスがそんなに好きか　小紋潤

動物園での我が子との一場面を詠んだ一首。一読して意味がわかる作品ですが、ポイントは「ライオンバスがそんなに好きか」の呼びかけの表現です。もし、「ライオンバスに子は乗りたがる」としてしまうと、単なる報告になってしまいます。子への呼びかけとすることによって、少しあきれながらも子に対する愛情を感じさせる表現として成立するのです。

河馬だっておしゃれなんだよころがって秋の日ざしのかたまりになる　坪内稔典

作者は「三月の甘納豆のうふふふふ」などの句でも知られている俳人。独特なユーモアのある作風で知られています。この作品では上句が会話体となっており、読者に語りかける手法をとっています。そして、下句は「河馬」の描写で比喩表現を用いています。「秋の日ざしのかたまりになる」という表現は読者にぬくもりを感じさせます。

よき桃を作る秘訣は日に一度樹にふるることと父は言ひたり

水本光

父の言葉を一首の中に詠み込んだ作品。「よき桃を作る秘訣は日に一度樹にふるること」はその樹をしっかりと見つめ、手触りを大切にして愛しなさいというメッセージだったのでしょう。上句が格言になっています。短歌で格言的なことを詠むとどうしても説教じみてしまいますが、この一首では「父は言ひたり」とすることによって父への思慕を感じさせる作品になっています。

独白

「独白」も短歌表現の技法の一つといってよいでしょう。とはいっても、短歌自体が独白ともいえるので厳密な区別はできません。しかし、口語・文語を用いた次の例歌を見ると表現の幅を広げるための参考になるのではないでしょうか。また、短歌はモノローグ〈独白〉ではなく、ダイアローグ〈会話〉であるとも言われています。もちろん、どちらが正しいというわけではありませんが、短歌を詠むときにどちらの立場に立つかによって詠み方も変わるのではないでしょうか。

ほぐれくる樫の枝先いのちとは直線でなくでこぼこなんだ　笹本碧

「樫の枝先」をじっくりと観察して、その枝先の形状が「でこぼこ」であったことから、「いのち」の形に想像を飛躍させています。「発見」や「気づき」が主眼となる作品なので、たとえば下句を「でこぼこである」としても歌意は通じます。しかし、この作品での結句は「でこぼこなんだ」と独白調にすることによって、「気づき」の意味を強めています。

われを知るもののごと吹く秋風よ来来世世《らいらいせせ》はわれも風なり

伊藤一彦

「来来世世」という哲学的な思索を表現しています。「秋風よ」という呼びかけ、「われも風なり」という文語調の独白が呼応しており、作品に深まりを与えています。

君こそ淋しがらんか　ひまわりのずばぬけて明るいあのさびしさに

佐佐木幸綱

初句・二句での呼びかけ、三句目以降も呼びかけというダイアローグのスタイルの作品です。この一首の魅力は物語性にあります。読者の側は作品を通して、夏の日の「ひまわり」とそれにまつわる様々な物語を想像することができます。この一首ではいわゆる具体的な細部の描写はありません。語りかけの言葉のみで背景を思い描くことのできる一首です。

「心の花」紹介

「心の花」は佐佐木信綱を中心として一八九八年二月に創刊された短歌の機関誌である。現在短歌愛好者が集まって多くの雑誌が運営されているが、その中で最長の歴史がある。

明治という動きの激しい時代を反映して、創刊してしばらくの間は、正岡子規、伊藤左千夫らの根岸短歌会、落合直文、与謝野鉄幹らのあさ香社、さらに旧派の作家たちも作品を発表していた。

森鷗外や少壮の海外文学研究者たちが新しい文学を紹介、翻訳し、本邦初訳の場ともなっていた。さらに、ほとんど毎号日本文学に関する研究・評論が掲載され、総合誌の趣があった。

日露戦争の頃を境に編集方針があらたまり、佐佐木信綱の提唱する「広く、深く、おのがじしに」という標語に沿った、短歌というジャンルに焦点をしぼった雑誌となった。短歌中心の紙面とはなったが、評論・研究が消えたわけではない。上田敏、新村出、久松潜一、伊藤嘉夫といった研究分野の広い研究者たちの評論が随時掲載されている。

二〇一八年に百二十周年を迎えたが、十年ごとに編集される記念号は会員作品とともに、結社の枠を超えて歌人の寄稿を揃えており、短歌史の展望を図ろうとする内容となっている。

これまでに、川田順、木下利玄、前川佐美雄、五島茂、九條武子、柳原白蓮、五島美代子、斎藤史らが在籍した。

最近では佐佐木幸綱、伊藤一彦、谷岡亜紀、黒岩剛仁、本田一弘らの男性歌人、および俵万智、大口玲子、横山未来子ら時代を作った女性歌人が作品を発表している。

中堅歌人に追いつくようにして二十代、三十代歌人の勢いも上がってきている。

結社の賞として、「心の花賞」「群黎賞《ぐんれい》」を設けている。

「広く、深く、おのがじしに」の理想は現在もたいせつに受け継がれている。

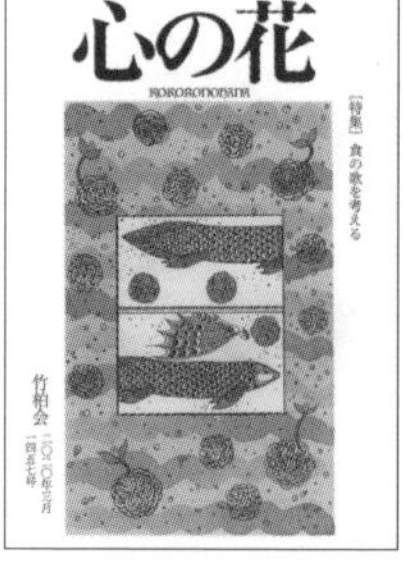

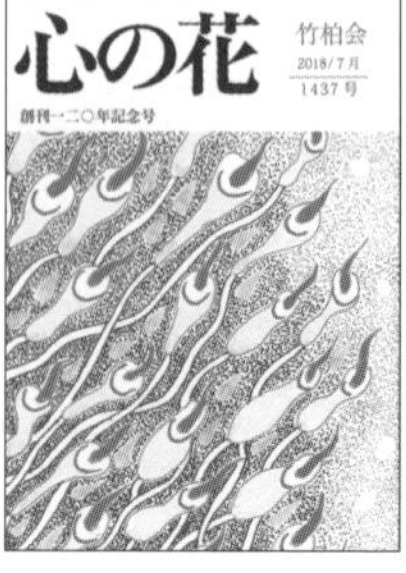

■ 監修　佐佐木幸綱

一九三八年東京生まれ。「心の花」主宰。早稲田大学政経学部教授を経て、早稲田大学名誉教授。日本芸術院会員。日本文藝家協会理事。紫綬褒章、読売文学賞などを受賞。歌集に『群黎』（青土社）、『テオが来た日』（ながらみ書房）など十七冊。評論集に『作歌の現場』（角川書店）、『柿本人麻呂ノート』（青土社）、『万葉集東歌』（東京新聞局）、『万葉集の〈われ〉』（角川書店）など。編著に『短歌名言辞典』（東京書籍）、『三省堂名歌名句辞典』（三省堂）など。『佐佐木幸綱の世界』（河出書房新社）全十六巻がある。

■ 執筆協力

「心の花」編集部
佐佐木朋子
黒岩剛仁
藤島秀憲
田中拓也
清水あかね

参考文献

『短歌に親しむ』佐佐木幸綱　NHK出版
『現代“うたことば”入門』伊藤一彦　NHK出版
『考える短歌　作る手ほどき、読む技術』俵万智　新潮社
『はじめてのやさしい短歌のつくりかた』横山未来子　日本文芸社
『短歌をつくろう』佐佐木幸綱・谷岡亜紀　さ・え・ら書房
『30日のドリル式　初心者にやさしい短歌の練習帳』中川佐和子　池田書店
『決定版　短歌入門』『短歌』編集部編　角川学芸出版
『歌ことば１００』今野寿美　本阿弥書店
『和歌のルール』編者渡部泰明　笠間書院
『短歌のための文語文法入門』今野寿美　角川学芸出版
『あなたと読む恋の歌百首』俵万智　文藝春秋社
『名歌名句辞典』佐佐木幸綱・復本一郎編　三省堂
『現代の歌人140』小高賢編著　新書館
『現代の短歌　100人の名歌集』篠弘　三省堂
『歌の旅』谷岡亜紀　高知新聞企業
『心の花の歌人たち』佐佐木幸綱編　ながらみ書房
『現代短歌大辞典』篠弘・馬場あき子・佐佐木幸綱監修　三省堂
『現代短歌集成』全四巻＋別巻　岡野弘彦ほか監修　角川学芸出版

装幀　石川直美（カメガイ デザイン オフィス）
装画　Inspiring/Shutterstock.com
NECHAPHAT/Shutterstock.com
formalnova/Shutterstock.com
l0ngtime/Shutterstock.com
イラスト　una
本文デザイン　株式会社 ZUGA
編集協力　池田美恵子・井手晃子
編集　鈴木恵美（幻冬舎）

知識ゼロからの短歌入門

2020年 8 月 5 日　第 1 刷発行
2024年 10月 20日　第 7 刷発行

監　修　佐佐木幸綱
著　者　「心の花」編集部
発行人　見城 徹
編集人　福島広司
編集者　鈴木恵美

発行所　株式会社　幻冬舎
〒151-0051　東京都渋谷区千駄ヶ谷 4-9-7
電話　03-5411-6211（編集）　03-5411-6222（営業）
幻冬舎ホームページアドレス　https://www.gentosha.co.jp/
印刷・製本所　近代美術株式会社

検印廃止

ISBN978-4-344-90346-3 C2076
Printed in Japan
この本に関するご意見・ご感想は、下記アンケートフォームからお寄せください。
https://www.gentosha.co.jp/e/